Percy Jackson

波西傑克森

機密檔案

雷克・萊爾頓 Rick Riordan◎著

江坤山◎譯

遠流

獻給奧圖和諾亞
我的混血人姪兒

波西傑克森 機密檔案

【目錄】

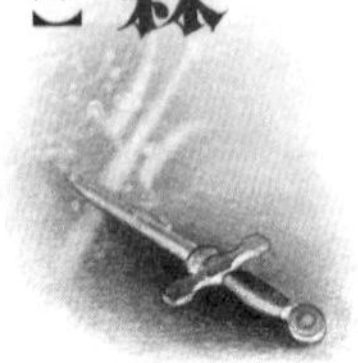

來自混血營的提醒

親愛的年輕混血人：

如果你正在讀這本書，我只能跟你說聲抱歉。你的生命即將變得更危險。

現在，你大概已經知道自己不是凡人了。這本書的宗旨就是要帶你深入了解混血人的世界，那是一般凡人孩子不得窺見的世界。身為混血營的資深記錄者，我希望這些內部最高機密文件能夠給你一些提示和理解，讓你安然度過訓練。

《機密檔案》包含了波西．傑克森所經歷過最危險的三個冒險，這些都未曾付梓。你會讀到他與阿瑞斯兩個兒子的對戰，對方是不死之身，而且是恐怖的化身。你會發覺銅龍的真相，長久以來它被認為只是混血營的傳說。你也會發現黑帝斯如何拿到新的祕密武器，而波西又如何在不知情的情況下，被迫在打造武器的過程中扮演重要角色。這三個故事不是要嚇唬你，而是要讓你了解英雄的生活可能充滿了危險，這點很重要。

奇戎也允許我分享一些重要學員的機密訪談內容，包括波西．傑克森、安娜貝斯．雀斯、格羅佛．安德伍德等人。請記住，這些訪談被列為最高機密。與任何非混血人分享這些資訊，克蕾莎就會帶著她的電長槍來追殺你。相信我，你不會希望發生這種事。

最後，我附上一些能幫助你熟悉情況的圖畫。你會看到好幾個混血營人物的畫像，以便你親眼看到他們的時候，就能夠立刻認出來。安娜貝斯也讓我畫出了她自己的混血營行李，這樣你在夏天第一次來這裡的時候，就能大概了解要帶些什麼東西了。書裡還有一張混血營地圖，我希望這能讓你不至於因為迷路而被怪物吃掉。

好好研讀這本書，因為你自己的冒險就要展開了。願神與你同在，年輕的混血人！

你最忠實的朋友

雷克．萊爾頓

混血營資深記錄者

失竊的雙輪戰車

那些噪音響起時，我正在上第五節的科學課。

哐！噢！嘰！「嘻呀！」

就好像有人遭到著魔的家禽攻擊一樣，相信我，這種情況我以前曾經碰過。似乎沒有其他人注意到這場騷動。我們正在做實驗，所以每個人都在講話，我假裝要去洗燒杯，輕易就探出窗外看個究竟。

我非常確定，巷子裡有個女孩，她已經把劍拔出來了。她身形高大且肌肉健壯，像個籃球隊員，棕色頭髮綁成一條條，身穿牛仔夾克和牛仔褲，腳上穿著戰鬥靴。她正在砍殺一群體型近似烏鴉的黑鳥。她的衣服上有好幾個地方插著羽毛。她左眼受傷，正在流血。當我注意看的時候，其中一隻鳥像射箭般射出一根羽毛，刺進了她的肩膀。她咒罵了一聲，劈向那隻黑鳥，但牠已經飛走了。

很不幸地，我認得那個女孩。她是克蕾莎，混血營裡的老對手。照理來說，克蕾莎通常終年住在混血營裡，我不明白為什麼她會在上課時出現在上東城。不過顯然她遇到麻煩了，她撐不了太久的。

因此，我做了一件自己唯一能做的事情。

「懷特小姐，」我說：「我可以去上洗手間嗎？我有點想吐。」

你知道的，老師總會告訴你，關鍵字是「請」。但其實不對，關鍵字是「吐」。這是讓你快速離開教室的方法。

「去吧！」懷特老師說。

我奪門而出，一邊脫下防護眼鏡、手套和實驗圍裙。我取出我最好的武器，那枝名為「波濤」的原子筆。

走廊上沒有人阻止我。我從體育館衝出去，一到巷口，剛好看到克蕾莎像是要擊出全壘打般，用劍背砸向一隻邪惡的黑鳥。這隻鳥呱地叫了一聲，盤旋而上想要飛走，卻撞上了磚牆，然後沿著牆壁滑進垃圾桶裡。但她的身邊仍圍繞著十幾隻黑鳥。

「克蕾莎！」我大喊。

她不敢置信地瞪著我看。「波西？你在這裡做——」

她話還沒講完，一排羽毛箭從她的頭頂射過去，插在牆上。

「這裡是我的學校。」我告訴她。

「我還真幸運哪！」克蕾莎抱怨，但她忙著戰鬥，無法多說什麼。

我拿掉筆套，原子筆變成一支約一公尺長的銅劍，然後我加入戰鬥，用劍砍向黑鳥，牠們的羽毛從我的劍鋒上滑落。克蕾莎和我同心協力，對著那些鳥又劈又砍，終於化成地上的一堆羽毛。

我們兩人都氣喘吁吁。我受了一些小傷，可是沒有大礙。我從手臂上拔下一根羽毛，它沒有刺得很深。只要它沒毒，我就不會有事。我一向把神食放在夾克裡以防萬一，這時我掏出一袋，把其中一塊掰下一半遞給了克蕾莎。

「我不需要你幫忙。」她嘀咕著，但還是接下了食物。

我們吃了幾口；這東西不能吃太多，因為太過放縱的話，神的食物會把你燒成灰燼，我猜想這就是你很少看到肥胖的神的原因。不管怎樣，幾秒之後，我們身上的傷口和瘀痕都消失了。

克蕾莎收劍入鞘，撢了撢牛仔夾克。「嗯……再見。」

「等一下！」我說：「你就這樣離開？」

「當然。」

「發生了什麼事？你怎麼會離開混血營？那些鳥幹嘛要追你？」

克蕾莎推開我，或者說她想要推開我。但我太清楚她的伎倆了，於是我往旁邊一站，她就跌跌撞撞地從我身旁擦過。

「別這樣，」我說：「你差點在我的學校裡被殺，這樣就和我有關係了。」

「才沒關哩！」

「讓我幫忙吧。」

她不安地深吸一口氣。我感覺得到她是真的想趕我走，但我同時在她眼裡看到了絕望的神情，她似乎碰到了大麻煩。

「是我的兄弟，」她說：「他們在對我惡搞。」

「喔，」我說，聽到後並不感到訝異。克蕾莎在混血營裡有不少兄弟姊妹，他們會彼此找碴。我想，他們既然是戰神阿瑞斯的兒女，會這樣也就不奇怪了。「是哪個兄弟？雪曼？馬克？」

「不是，」她說，聲音聽起來比我以前所聽到的要來得恐懼。「是我那對不死的兄弟，佛波斯和戴摩斯❶。」

我們在公園的板凳上坐下來，克蕾莎把來龍去脈告訴我。我並不擔心自己沒有回到學校，懷特老師一定會認為是護士叫我回家的，而且第六堂又是工藝課，貝爾老師從來沒有出現過。

「讓我先弄清楚這個，」我說：「你開了你爸的車子出來兜風，可是現在它不見了。」

「那不是汽車，」克蕾莎大聲咆哮，「是雙輪戰車！而且是他叫我坐這輛車出門的，那就像是……一種測試。我應該在太陽下山之前把它送回去的，但是……」

「你的兄弟卻劫走了這輛車。」

「是劫走雙輪戰車。」她糾正我。「你知道，這輛戰車平常是他們在使用的。而且他們不喜歡其他人駕馭它，所以就從我身邊將它偷走了，並派出這些會射箭的蠢鳥來趕我走。」

「那些鳥是你爸的寵物嗎？」

她臉色悲慘地點點頭。「牠們守衛著他的神殿。不管怎樣，如果我沒有找回雙輪戰車的話……」

❶在希臘神話中，象徵「恐懼」的佛波斯（Phobos）和象徵「恐怖」的戴摩斯（Demios）這對雙胞胎兄弟，是愛與美女神阿芙蘿黛蒂（Aphrodite）和戰神阿瑞斯（Ares）的兒子，兩人經常在戰場上陪伴阿瑞斯。

她的表情就好像已經失去這輛戰車了。我不怪她，我以前看過她爸爸阿瑞斯生氣的樣子，那場面實在不太妙。如果克蕾莎讓他失望，他會嚴厲懲罰她。非常嚴厲。

「我來幫你。」我說。

她皺起眉頭。「為什麼？我又不是你的朋友。」

這點我沒辦法跟她辯。克蕾莎一直對我很惡劣，但儘管如此，我還是不想讓她或任何人被阿瑞斯痛打一頓。我正在想該如何向她解釋的時候，一個男生的聲音出現了：「噢，你看，我想她一直在哭。」

一個青少年正靠在電線桿上。他穿著破爛的牛仔褲、黑色T恤和皮夾克，頭上用印花大手帕綁住了頭髮。皮帶上插了一把短刀。他的眼睛有著火焰般的顏色。

「佛波斯，」克蕾莎握起拳頭。「雙輪戰車在哪裡？你這個混蛋。」

「是你搞丟它的，」他逗弄她說：「別問我。」

「你這個小——」

克蕾莎抽出劍往前衝，但她一揮過去，佛波斯就消失了，結果一劍砍進電線桿裡。

佛波斯出現在我旁邊的板凳上。他在笑，不過就在我把波濤劍抵住他的喉嚨時，他就笑不出來了。

「你最好把雙輪戰車還回來，」我告訴他，「在我抓狂之前。」

他冷笑一聲，想要讓自己看起來很剛強，或者說是有一把劍抵住你下巴時所能盡量展現出來的堅強。「克蕾莎，你的小男朋友是誰？你現在打鬥需要靠幫手了嗎？」

「他不是我的男朋友！」克蕾莎猛力一拉，把劍從電線桿拔出來。「他甚至連我朋友都不是。他是波西．傑克森。」

佛波斯的表情有些變化，看起來很驚訝，或許還有點緊張。「波塞頓的兒子？就是讓老爸發飆的那個人？喔，那真是太好了，克蕾莎，你竟然和死對頭廝混。」

「我沒有和他廝混！」

佛波斯的眼睛突然發紅，紅得發亮。

克蕾莎頓時尖叫起來，像是遭到看不見的蟲子攻擊一般，雙手拚命在空中揮舞。「拜託，不要！」

「你對她做了什麼？」我喝斥著。

克蕾莎退到街上，瘋狂揮舞手上的劍。

「住手！」我告訴佛波斯，同時更用力把劍抵住他的喉嚨。但他突然消失了，然後又再度出現在電線桿旁。

「別那麼激動，傑克森。」佛波斯說：「我只是讓她看見她所懼怕的東西罷了。」

他眼睛裡的亮光漸漸褪去。

克蕾莎垮了下來，呼吸很沉重。「你這個可惡的傢伙！」她喘著氣說：「我會……我會逮到你的。」

佛波斯轉向我。「那你呢，波西．傑克森？你害怕什麼？我會找到的，你知道，我一向如此。」

「把雙輪戰車還回來。」我設法讓聲音保持平穩。「我挑戰過你爸爸。你嚇不倒我的。」

佛波斯笑出聲來。「沒有什麼東西值得懼怕，除了懼怕本身。人們不是一向都是這麼說的嗎？嗯，讓我跟你說個小祕密，混血人。我就是懼怕。如果你想要回雙輪戰車，那就儘管來啊。它就在水的對面。你會在一個野生小動物生存的地方找到它，而那個地方恰恰適合你這樣的人。」

他彈了一下手指，然後消失在黃色煙幕中。

嗯，我必須說，我遇過不少討厭的小神和怪物，但佛波斯是其中的榜首。我不喜歡霸凌。我在學校裡一向不是優等生，所以大部分時間都得和想要嚇唬我和朋友的無賴對抗。佛波斯取笑我的方式，還有他只是看著克蕾莎就讓她崩潰……我必須給這傢伙一點教訓才行。

我幫忙克蕾莎站起來。她的臉上仍然不停地冒汗。

「現在，你願意接受幫忙了嗎？」我問。

我們去搭地鐵。因為擔心會有其他攻擊而保持警覺，不過接下來都平安無事。在車上時，克蕾莎告訴我有關佛波斯和戴摩斯的事。

「他們是小神，」她說：「佛波斯是恐懼，戴摩斯是恐怖。」

「這有什麼差別？」

她皺起眉頭。「我猜戴摩斯的身形比較大，長得也比較醜，他很擅長去擾亂一大群人。佛波斯就比較像……嗯，針對個人。他可以鑽進你的腦袋裡。」

「『恐懼症』這個名詞就是從他的名字來的囉？」

「是的，」她不滿地說：「他們因此而感到很驕傲，因為只要提到恐懼症，就會聯想到他們。這個混蛋！」

「那他們為什麼不讓你駕駛那輛雙輪戰車？」

「這通常是阿瑞斯的兒子年滿十五歲時的儀式。我是長久以來第一個做這種嘗試的女兒。」

「做得好。」

「去對佛波斯和戴摩斯說吧！他們討厭我。我必須把雙輪戰車送回神殿才行。」

「神殿在哪裡？」

「八十六號碼頭。那艘『無畏號』❷。」

---

❷無畏號（*Intrepid*）航空母艦隸屬於美國海軍，一九四一年開始建造，曾參與太平洋戰爭等戰役。一九七四年退役，後來捐贈給紐約作為博物館艦，停放在曼哈頓八十六號碼頭，並開放民眾參觀，成為紐約的重要觀光景點。

「喔。」現在我想起來，這倒是有幾分道理。我從來沒有實際登上過這艘古老的航空母艦，但我知道他們將它改造成軍事博物館。裡頭可能有一大堆槍砲彈藥和其他危險的玩具，正好就是戰神會想要逗留的地方。

「我們在太陽下山之前大概還有四小時，」我猜，「時間應該足夠讓我們找到雙輪戰車。」

「不過佛波斯說的『水的對面』是什麼意思？看在宙斯的份上，我們就在島上啊，那很可能是指任何方向！」

「他提到了什麼野生動物，」我想起來，「野生小動物。」

「動物園？」

我點點頭。在水對面的動物園可能是指位在布魯克林的那一個，或者是……一個更難到達的地方，而且裡頭有野生小動物——一個沒人會想到可以在裡頭找到雙輪戰車的地方。

「史坦頓島。」我說：「那裡有個小型動物園。」

「或許吧，」克蕾莎說：「聽起來像是那種佛波斯和戴摩斯會利用來藏東西的偏僻地方。但如果我們錯了……」

「我們沒有時間犯錯。」

我們在時代廣場下車，轉搭地鐵一號線，前往渡輪碼頭。

我們在三點半搭上前往史坦頓島的渡輪，同船的還有一堆觀光客，他們擠滿了上層甲板的欄杆，在渡輪經過自由女神像時猛拍照片。

「他根據他媽媽的樣子塑造出了這座雕像。」我抬頭看著雕像說。

克蕾莎對著我皺眉。「誰？」

「巴陶第❸，」我說：「打造自由女神像的那個傢伙。他是雅典娜

---

❸巴陶第（Frédéric Auguste Bartholdi, 1834-1904），法國雕刻家，自由女神像出自他的設計，靈感來源是根據他母親的長相。

的兒子，所以就把雕像設計成他媽媽的樣子。總之，這是安娜貝斯告訴我的。」

克蕾莎轉動她的眼珠。安娜貝斯是我最好的朋友，一提到建築和雕像就非常熱血。我猜，她這種知識份子個性有時候也會傳染給我。

「沒有用。」克蕾莎說：「如果不能幫助我戰鬥，那麼它就是沒用的資訊。」

我無法和她爭辯，然而就在這個時候，渡輪突然傾斜，像是撞上了岩石一般。乘客全都往前撲倒，撞在一起。克蕾莎和我跑到船頭，下方的水開始沸騰，一條海蛇的頭突然從海灣裡升起。

這隻怪物起碼有船那麼大，身體的顏色灰綠夾雜，頭長得像鱷魚，還露出鋒利的牙齒。牠的味道聞起來就像……嗯，像是從紐約港底深處竄起來的味道。有個穿著黑色希臘盔甲、身形龐大的人騎在牠的脖子上，那人的臉上布滿醜陋的疤痕，手上拿著標槍。

「戴摩斯！」克蕾莎大喊。

「哈囉，小妹！」他的笑容就和毒蛇一樣恐怖。「想玩玩嗎？」

怪物發出吼叫。遊客們尖聲喊叫，四散逃跑。我不知道他們究竟看到了什麼，迷霧通常會讓凡人看不到怪物真實的面貌。但不管他們看到什麼，每個人都嚇壞了。

「別整人！」我大喊。

「不然你要怎樣？海神的兒子？」戴摩斯發出輕笑。「我兄弟告訴我，你不過是隻軟腳蝦罷了。再說，我愛死恐怖了。我是靠散播恐怖過活的！」

他指揮海蛇用頭去撞擊渡輪，船隻立刻往後頓挫。警報聲四處響起，乘客想要逃走，卻互相撞在一起。戴摩斯露出愉悅的笑容。

「夠了！」我生氣地說：「克蕾莎，抓穩了。」

「什麼？」

「抓住我的脖子。我們要去兜風了。」

她沒有抗議。她抓著我，然後我說：「一，二，三——跳！」

我們跳到上層甲板，直接墜入海中，但我們只在水裡待一會兒。我感覺到海洋的力量在我體內急速升起。我用意志力控制水流，讓它在我身邊打轉、不斷累積力道，直到水流把我們噴出水面，噴上九公尺高的海龍捲頂端。我操控方向，讓我們直直朝著怪物噴去。

「你想你能對付戴摩斯嗎？」我對克蕾莎大喊。

「我可以。」她說：「帶我到距離他三公尺以內的地方。」

我們快速衝向海蛇。就在牠露出尖牙的時候，我讓海龍捲偏離一邊，這時克蕾莎縱身一跳，撞上了戴摩斯，兩人一起跌進海裡。

海蛇在我後面追著。我很快地讓海龍捲轉去面對牠，然後運用我全身的力量讓水堆得更高。

轟！

上萬加崙的海水頓時撞向怪物。我跳到牠的頭上，拿出波濤劍，然後用盡全身力氣朝牠的脖子砍下去。怪物發出怒吼，綠色的血液從傷口噴出來，身體慢慢沉到波浪底下。

我潛入水裡，看著牠退避到廣闊的大海裡；其實海蛇有一點還不錯啦，那就是牠受傷時不過就是一隻巨大的幼獸而已。

克蕾莎在我身旁浮出水面，她一邊吐出嘴裡的水、一邊咳嗽。我游過去抓住她。

「你抓到戴摩斯了嗎？」我問。

克蕾莎搖搖頭。「那個膽小鬼在我們扭打的時候消失了，但我確定我們還會再見面。還有佛波斯也是。」

渡輪上的觀光客仍然驚恐地四處奔逃，不過看起來沒有人受傷，船身也沒有受損。我想我們不應該繼續在這裡逗留。我抓住克蕾莎的手臂，運用意志力讓海浪帶著我們前往史坦頓島。

夕陽在澤西海岸漸漸西沉。我們的時間不多了。

我不曾在史坦頓島上待很久，但我發現它比我想像中來得大，而且在這兒散步沒什麼樂趣：街道彎彎曲曲讓人很困惑，而且似乎都是上坡。我身體是乾的（除非我想要，要不然在海裡我也不會沾溼），克蕾莎的衣服卻仍然溼答答，她在人行道上留下一連串骯髒的足印，所以公車司機不願意讓我們上車。

「我們鐵定來不及了。」她嘆息說。

「不要這樣想。」我試著提高音調，但其實我自己也開始懷疑。我希望我們能有救兵。兩個混血人對抗兩個小神實在不怎麼對等，而且當我們一起對上佛波斯和戴摩斯時，真不曉得該怎麼辦？我一直想起佛波斯說過的話：「那你呢？波西傑克森？你害怕什麼？我會找到的，你知道。」

我們拖著腳步走過大半個島嶼，經過許多郊區住宅、好幾座教堂以及一家麥當勞之後，終於看到有塊招牌寫著「動物園」。我們轉過街角，沿著一邊有些行道樹的彎曲街道來到動物園入口。

售票亭的女士一臉狐疑地看著我們，但感謝老天，我有足夠的現金可以買票進去。

我們繞過爬蟲館時，克蕾莎停下腳步。

「它在這裡。」

它就停在寵物動物區和海獺池之間的交叉路口：一輛巨大的金色和紅色雙輪戰車，前面拴著四匹黑馬。戰車裝飾得十分精美，如果不是描繪了人們痛苦瀕死的圖畫，它會更美。這幾匹馬的鼻孔正噴著火。

有一家人推著嬰兒車從戰車前面經過，好像它根本不存在似的。我猜圍繞在它旁邊的迷霧一定很濃厚，因為戰車唯一的偽裝只有馬匹胸膛前貼的手寫告示：「動物園專用交通工具」。

「佛波斯和戴摩斯在哪裡？」克蕾莎一邊低聲問、一邊抽出劍。

我到處看不到人，不過這一定是個詭計。

我把注意力放在馬上。通常我可以和馬說話，因為馬是我爸爸創造出來的。我說：「嘿，善良的噴火馬兒，到這裡來！」

其中一匹馬發出輕蔑的叫聲。沒錯，我可以了解牠的想法。牠用我說不出口的話咒罵我。

「我要想辦法握到韁繩，」克蕾莎說：「這些馬認識我。掩護我。」

「好。」我不確定該怎麼用一把劍掩護她，然而在克蕾莎靠近戰車時，我一直保持警戒。她幾乎是躡手躡腳地繞過馬兒。

一位女士帶著三歲大的女孩經過時停住了腳步，那個女孩說：「馬著火了！」

「別傻了，潔西，」媽媽用茫然的聲音說：「那是動物園專用的交通工具喔。」

小女孩想要抗議，但是她媽媽抓著她的手繼續往前走。克蕾莎愈來愈靠近戰車。就在她的手離扶手十幾公分的時候，馬兒突然站立起來，發出嗚叫，並噴出火焰。佛波斯和戴摩斯從戰車裡現身，兩人都穿著漆黑的戰鬥盔甲。佛波斯露出笑容，紅色眼睛發出光芒；戴摩斯坑坑疤疤的臉近看更可怕了。

「獵殺開始了！」佛波斯大喊。當他抽打著馬匹、戰車直直往我的方向衝過來時，克蕾莎跌跌撞撞地往後退。

這時，我很想跟你說我做了什麼英雄般的舉動，像是只拿著一把劍就挺身對抗一群噴火的狂怒馬兒。但實際情況是，我轉身跑了，跳過垃圾桶和展覽場的圍欄往前跑。可是我根本跑不贏戰車，它在我身後撞上圍欄，然後沿路撞倒所有東西。

「波西，小心！」克蕾莎大喊，好像非得有人對我說，我才會小心一樣。

我縱身跳到海獺池中間的岩石小島上，並運用意志力讓池裡的水形成水柱，然後潑向馬兒，暫時撲滅牠們的火焰，讓牠們陷入一片混亂。海獺對於我這個舉動顯然很不高興，牠們不停地嘮叨、發出嚴厲斥責聲，於是我立刻理解到，最好趕快離開牠們的小島，以免又有抓狂的海洋哺乳類追著我跑。

當我在跑時，佛波斯一邊咒罵、一邊想要控制住馬匹。克蕾莎抓住機會，在戴佛斯正要舉起標槍時跳到他的背上。這時戰車突然向前傾斜，兩人同時跌出戰車外頭。

我可以聽到戴摩斯和克蕾莎開始打鬥、劍刃碰撞的聲音，但我沒時間擔心，因為佛波斯又駕著戰車來追我了。我迅速衝向水族館，這時戰車已經來到我身後。

「嘿，波西！」佛波斯發出嘲笑聲。「我有東西要送給你！」

我回頭一看，戰車正在融化，馬匹變成鋼鐵，然後像被揉皺的黏土玩偶般彼此交疊。戰車則又變形成黑色金屬盒子，上頭有履帶、砲塔，還有長長的砲管。那是一輛坦克車；我因為做過歷史課的研究報告，所以認得它。佛波斯站在二次大戰的裝甲車上對著我微笑。

「笑一個！」他說。

砲彈發射時，我滾到一邊。

咔——轟！一個販售紀念品的亭子被炸掉了，絨毛動物、塑膠杯和立可拍相機四處飛散。佛波斯重新瞄準時，我站起來，衝進水族館裡。

我要讓自己被水包圍，這樣無論什麼時候都能增強我的力量。此外，佛波斯的戰車可能無法穿過大門進來。當然啦，如果他轟掉大門，那又另當別論了……

我穿過一個個沐浴在怪異藍光下的房間，那是展示魚缸的燈光。我跑過去時，烏賊、小丑魚和海鰻都瞪著我瞧。我可以聽到牠們的小腦袋瓜在竊竊私語：「海神的兒子！海神的兒子！」當你成為烏賊眼中的名人時，那感覺還真不錯。

我在水族館的後端停下腳步，豎起耳朵仔細聽。沒有聽到任何聲音。然後……「轟、轟。」這是另外一種引擎聲。

我不敢置信地看著佛波斯騎著哈雷機車穿過水族館；我以前看過這輛摩托車，它有火焰裝飾的黑色引擎、散彈槍皮套，皮椅的皮革看起來就像人類皮膚。我第一次遇見阿瑞斯時，他就是騎著這輛哈雷，但我從來沒想到，這是他的戰車的另一種形式。

「哈囉，輸家，」佛波斯說，然後他從劍鞘裡抽出一把巨大的劍。「驚嚇的時間到了。」

我舉起自己的劍，決心要面對他。但這時候佛波斯的眼睛愈來愈亮，我看著他的眼睛，然後了解到我犯了錯誤！

突然間，我來到另一個地方。我在混血營裡，這是全世界我最喜愛的地方，而這裡正陷入一片火海。樹林著火了，小屋在冒煙，餐廳的希臘廊柱垮掉了，主屋已經變成在冒煙的廢墟。我的朋友都跪下來懇求我，有安娜貝斯、格羅佛，還有其他混血營裡的人。

「救救我們，波西！」他們嚎啕大哭。「做出選擇吧！」

我無力地站著。這是我一直很害怕的時刻，也就是我滿十六歲時就會應驗的預言。我會做出抉擇，它將拯救或毀滅奧林帕斯山。

現在，這個時刻到了，而我不知道該怎麼辦。混血營在燃燒，我的朋友們看著我、求我幫忙。我的心砰砰跳，我無法移動。如果我做錯了會怎樣呢？

然後我聽到水族館裡魚兒的聲音：「海神之子，醒醒！」

突然間，我再一次感受到四周海洋的力量，那裡有數百加崙的海水、數千隻的魚兒正在吸引我的注意。我不在混血營裡，那是幻覺。佛波斯讓我看見自己最深層的恐懼。

我眨眨眼睛，看見佛波斯的劍正往我的頭上砍過來。我舉起波濤劍，在他把我劈成兩半之前及時擋住他的攻擊。

我發動反攻，刺中了佛波斯的手臂。金色靈液，也就是神的血，立刻溼透了他的襯衫。

佛波斯發出怒吼，又對著我砍過來。我輕輕鬆鬆地避開了。失去了恐懼的威力，佛波斯就一無是處，甚至連個正派的鬥士都不是。我壓制回去，掃中他的臉，並沿著他的臉頰劃出一道傷口。他愈生氣，動作就愈笨拙。我殺不死他，他是不死之身，不過你從他臉上的表情看不到這一點。恐懼之神現在看起來很恐懼。

最後我抬腳一踢，他往後倒向噴水池，他的劍飛進了女生廁所。我抓住他盔甲上的帶子，把他拉到我面前。

「你必須現在就消失，」我告訴他，「不可以再妨礙克蕾莎。如果又讓我看見你，我會賞給你更大的疤痕，讓你的傷口更痛。」

他大口吸氣。「後會有期，傑克森！」

接著便消散在黃色煙幕中。

我轉身朝向水族箱。「謝啦，各位。」

然後我看著阿瑞斯的摩托車。我從沒騎過這麼有威力的哈雷式戰車，但這會有多難呢？我跳上車，發動引擎，騎出水族館去助克蕾莎一臂之力。

我很輕鬆就找到她，因為只要沿著破壞的痕跡走就對了。圍籬被撞倒了，動物四散奔逃，獾和狐猴正在查看爆米花機，一頭看起來胖胖的美洲豹正慵懶地躺在公園板凳上，旁邊還有一堆企鵝的羽毛。

我把摩托車停放在寵物動物區旁邊，而戴摩斯和克蕾莎就在羊圈裡。克蕾莎正跪在地上，我往前衝，但立刻停下腳步，因為我看到戴摩斯正在轉變形體。他現在是阿瑞斯——高大的戰神，穿著黑色皮衣、戴著太陽眼鏡。他向克蕾莎揮拳過去時，全身因為憤怒而冒著煙。

「你再度讓我失望！」戰神怒吼，「我告訴過你會發生什麼事的！」

他想要打克蕾莎，但她慌忙避開，發出尖叫。「不要！拜託！」

「笨女孩！」

「克蕾莎！」我大喊，「那是幻覺。站起來對抗他！」

戴摩斯的形體閃了一下。「我是阿瑞斯！」他堅稱，「而你是個沒用的女孩！我早知道你會讓我失望。現在你會因為我的憤怒而受苦。」

我想衝過去和戴摩斯打鬥，可是我知道這樣做不會有幫助，克蕾莎必須自己面對。那是她最深層的恐懼，她必須自己克服。

「克蕾莎！」我叫她，她轉過頭來，於是我想辦法吸引她的目光。

「站起來對抗他！」我說：「他不過是說說而已。站起來！」

「我……我辦不到。」

「可以，你可以的。你是個戰士。站起來！」

她猶豫了一下，然後緩緩站起來。

「你在做什麼？」阿瑞斯大吼，「趴下祈求憐憫，女孩！」

克蕾莎顫抖地吸了一口氣，非常小聲地說：「不。」

「什麼？」

她舉起劍。「我受夠了一直在怕你。」

戴摩斯發動攻擊，但是克蕾莎擋開了他的標槍。她的腳步搖搖晃晃，可是沒有倒下。

「你不是阿瑞斯，」克蕾莎說：「你甚至不是一個好戰士。」

戴摩斯沮喪地發出咆哮。當他再度發動攻擊時，克蕾莎已經準備好了。她讓對方交出武器，並在他的肩膀上刺了一下——沒有很深，不過對小神來說，已經是個傷害。

他痛苦地哀號，然後開始發光。

「看別的地方！」我告訴克蕾莎。

我們把眼睛轉開。這時一陣爆炸，戴摩斯化做一道金光（這是他真正的模樣），然後消失無蹤。

現場只剩下我們兩人，還有寵物動物區裡的山羊，牠們正在拉扯我們的衣角、尋找食物。

摩托車也變回拉著馬的雙輪戰車。

克蕾莎謹慎地看著我。她撥開臉上的稻草和汗水。「你沒看見。你什麼都沒有看見。」

我笑了出來。「你做得很好。」

她看著天空，這時樹林後方的天際已經轉為紅色。

「上戰車來，」克蕾莎說：「我們還有很長的一段路要趕。」

幾分鐘之後，我們抵達史坦頓島的渡輪碼頭，我想起一件很明顯的事實，那就是我們正在一座島上。渡輪是不搭載汽車、雙輪戰車或者摩托車的。

「好極了！」克蕾莎喃喃自語。「現在該怎麼辦？駕著這東西越過維拉薩諾大橋嗎？」

我們都知道已經沒有時間了。雖然有橋可以通往布魯克林和紐澤西，但不管是哪個方向，駕著這輛戰車要花上好幾個小時才能抵達曼哈頓，即使我們可以讓人們以為這只是一輛普通汽車也無濟於事。

這時我想到一個辦法。「我們走直線。」

克蕾莎皺起眉頭。「這是什麼意思？」

我閉上眼睛，開始集中注意力。「直直往前開，走！」

克蕾莎沒有猶豫，決定放手一搏。「喝呀！」她大喊一聲，然後鞭馬前進。馬直直地往水面衝。我想像海洋變成固體、波浪變成堅硬的路面，一直延伸到曼哈頓。戰車來到水面，馬兒鼻息的熱氣圍繞在我們四周。我們就這樣行駛在波浪上，橫渡紐約港。

我們在夕陽變成紫色的時候，趕到了八十六號碼頭。無畏號航空母艦，阿瑞斯的神殿，此刻是我們面前的一道灰色金屬高牆，飛行甲板上散布著戰鬥機和直升機。我們把戰車停在舷梯上，然後我跳下車。就這一次，我很慶幸是在乾燥的陸地上。集中注意力讓戰車保持在海浪上，是我所做過最困難的其中一件事。我感到筋疲力盡。

「我最好在阿瑞斯抵達之前離開這裡。」我說。

克蕾莎點點頭。「他可能會當場殺了你。」

「恭喜，」我說：「我想你通過駕駛雙輪戰車的測試了。」

她把韁繩纏在手上。「波西，關於你看到的事情，我所害怕的事，我是說……」

「我不會告訴任何人的。」

她不安地看著我。「佛波斯有嚇你嗎？」

「有啊，我看到混血營著火了，看見朋友都在求我幫忙，可是我不知道該怎麼辦。有那麼一下子，我動彈不得。我全身癱瘓。我了解你的感受。」

她的眼睛往下看。「我，嗯……我想我應該說……」那個字眼好像卡在她的喉嚨裡。我不確定克蕾莎這輩子是否說過謝謝。

「別放在心上。」我告訴她。

我轉身要離開，但她叫住我。「波西？」

「什麼事？」

「當你，嗯，看見你的朋友時……」

「你也是其中一個，」我向她保證。「但不要告訴任何人，好嗎？不然我會殺了你。」

她的臉上閃過淺淺的微笑。「那麼再見囉。」

「再見。」

我開始朝地鐵的方向走去。這真是漫長的一天，我迫不及待要回家了。

銅龍再起

一條龍可以毀掉你的一整天。

相信我，身為混血人，我有過不好的經驗。我被龍咬過、被牠的爪子抓過、火焰噴過，也被毒過。我交手過的龍有單頭龍、雙頭龍、八頭龍、九頭龍，還有那種頭多到如果你停下來數就會馬上沒命的龍。

這次是銅龍嗎？我以為我和我的朋友都要成為龍的零食了。

那個傍晚再平常不過了。

時間是六月底，我大約兩週前剛結束最新的尋找任務，在混血營的生活也恢復了正常。羊男正在追逐森林精靈，怪物在樹林裡嚎叫，學員們互相捉弄，而我們的營長戴歐尼修斯正在將不守規矩的人變成灌木。典型的夏季混血營場景。

晚餐之後，所有學員都還在餐廳裡逗留。我們都很興奮，因為今晚的奪旗大賽會很刺激。

赫菲斯托斯小屋在前一晚起了大騷動，因為他們從阿瑞斯小屋手中奪到旗子（其中有我的幫忙，十分感謝），這也表示阿瑞斯小屋將會下定決心來場大廝殺。嗯……他們一向會進行大廝殺，但今晚應該會特別賣力。

藍隊分別是赫菲斯托斯小屋、阿波羅、荷米斯和我，而我是波塞頓小屋裡唯一的混血人。壞消息是，這次雅典娜和阿瑞斯這兩個戰神小屋都在與我們敵對的紅隊裡，而且他們是和阿芙蘿黛蒂、戴歐尼修斯及狄蜜特小屋聯手。雅典娜小屋有自己的旗幟，我的朋友安娜貝斯是他們的隊長。

你絕對不會想和安娜貝斯這種人為敵的。

就在比賽前，她緩緩走到我面前。「嘿，海藻腦袋。」

「你可以不要那樣叫我嗎？」

她明知道我討厭這個稱呼還這樣叫我，這大概是因為我從來沒有強力反對過。她是雅典娜的女兒，這讓我無法發揮；我的意思是說，叫她「貓頭鷹頭」或「女臭皮匠」都不是太優的羞辱詞。

「你知道自己喜歡這個稱呼。」她用肩膀撞我，我想這是友善的表示，但她穿著全套希臘盔甲，其實感覺有點痛。她的灰色眼眸在頭盔裡閃閃發亮，金色馬尾捲在一邊肩膀上。很少有人身穿戰鬥盔甲還能夠看起來很可愛，而安娜貝斯就是這樣。

「我跟你說，」她放低音量說：「今天晚上我們會將你們打得潰不成軍，但如果你挑個安全的位置……比方說，像是右翼……我保證你不會輸得太難看。」

「老天，感謝你唷，」我說：「不過我一定會贏。」

她露出微笑。「戰場上見囉。」

她小跑步回到隊友身邊，他們對她微笑，並舉手擊掌。我從沒見過她這麼快樂，好像有機會打敗我是她所碰過最棒的事。

貝肯朵夫把頭盔夾在腋下走過來。「她喜歡你，老兄。」

「當然，」我喃喃自語，「她喜歡我當她的練習鏢靶。」

「不，她們一向如此。當女孩開始想要殺你的時候，就表示她對你有意思。」

「真有道理。」

貝肯朵夫聳了聳肩膀。「這些事我很懂。你應該邀她去看煙火。」

我看不出他是不是說真的。貝肯朵夫是赫菲斯托斯的資深指導員，他的身形高大，總是皺著眉頭，肌肉發達得像職業球員，雙手因為在鐵工廠工作都長了繭。他剛滿十八歲，準備在秋天進入紐約大學就讀。既然他比我年長，我一向聽從他的建議，但是邀安娜貝斯去海灘看國慶煙火，那會搞得像是夏天最盛大的約會事件一樣，這想法讓我的胃開始翻攪。

瑟琳娜．畢瑞嘉這時從我們身旁經過，她是阿芙蘿黛蒂的首席指導員，貝肯朵夫暗戀她三年已經不是祕密了。她有一頭黑色長髮，大大的棕色眼睛。每當她經過，男孩子總會多看幾眼。她說：「祝你好運，查理。」（從來不曾有人這樣叫過貝肯朵夫。）她很快地給了他一個燦爛的微笑，然後就加入安娜貝斯的紅隊。

「呃……」貝肯朵夫吞了吞口水，像是已經忘記要如何呼吸。

我拍拍他的肩膀。「謝謝你的建議，老兄。真慶幸你對女孩子的事總是這麼明智。來吧，我們到樹林裡去。」

貝肯朵夫和我很自然地選了最危險的工作。

阿波羅小屋會用他們的弓來防守；荷米斯小屋則會衝到樹林裡，分散敵人的注意力；而貝肯朵夫和我則會在左翼來回偵察，找出敵人的旗子，然後打敗防衛者，再把旗子搶過來。就這麼簡單。

為什麼選左翼？

「因為安娜貝斯要我去右翼，」我告訴貝肯朵夫，「這表示，她不希望我往左。」

貝肯朵夫點點頭。「我們著裝吧。」

他一直在替我們兩個人打造祕密武器，即具有融入背景魔法的銅製變色盔甲。如果我們站在岩石前面，我們的護胸甲、頭盔和盾牌會變成灰色；如果我們站在灌木前面，金屬則會變成翠綠色。它不是真的隱形，但我們可以因此獲得很好的掩護，至少就遠處的敵人來說是如此。

「我花了好長的時間才打造出這東西，」貝肯朵夫警告我，「別弄壞了！」

「了解，隊長。」

貝肯朵夫不滿地哼了一聲，不過我看得出來他喜歡人家叫他「隊長」。赫菲斯托斯的其他學員祝我們好運，我們就潛進樹林裡，身上盔甲的顏色迅速轉換成棕色和綠色，好搭配樹的顏色。

我們越過溪流，那可以當做是兩隊的界線。我們聽到遠方有打鬥聲，是劍砍擊盾牌的聲音。我好像瞥見了某種魔法武器的閃光，不過我們都沒看出那是什麼。

「沒有邊界守衛，」貝肯朵夫低聲說：「怪怪的。」

「太有自信了吧。」我猜，但我覺得不自在。安娜貝斯是戰略高手，即使她們的人數比我們多很多，她也不太可能放鬆守衛。

我們已經進入敵方領域。我知道我們得加快腳步，因為我們這隊是守方，他們撐不了太久。阿波羅的孩子早晚會居於劣勢，阿瑞斯小屋可不會被弓箭這種小東西拖慢腳步。

我們躡手躡腳地沿著一棵橡樹的根前進。這時一個女孩子的臉突然從樹幹後面出現，我差點嚇得魂飛魄散。「咻！」她說，然後就消失在樹皮後方。

「森林精靈，」貝肯朵夫抱怨說：「真靈敏。」

「才沒有哩！」一個悶悶的聲音從樹裡傳出來。

我們繼續前進，可是很難判斷究竟到了哪裡。有些地標很突出，像是溪流、峭壁，還有很老的樹，但整座森林像是在移動。我猜自然界的精靈正忙得不可開交。步道改變了，樹木也移動了。

突然間，我們來到一片空地前面。當我看見土丘時，我知道我們有麻煩了。

「神聖的赫菲斯托斯啊，」貝肯朵夫低聲說：「是蟻丘。」

我想要退後，然後逃跑。我從來沒見過蟻丘，但我聽過老學員說的故事。這種土丘會堆到幾乎和樹一樣高，至少有四層樓高。土丘的四周有著像迷宮一樣的坑道，正在爬進爬出的是……

「邁爾米克。」我低聲說。

那是古希臘文「螞蟻」的意思，但這些生物不僅僅如此，牠們會讓任何滅蟲專家心臟病發。

邁爾米克有著德國牧羊犬的體型，牠們盔甲似的軀殼閃耀著血紅光芒，眼睛有如黑豆，而銳利的大顎不斷在切咬東西。牠們有的在搬樹枝，有的在搬著我並不想知道從哪裡弄來的生肉塊。大部分是在搬金屬塊，像是古老的盔甲、劍，以及不知道牠們如何從餐廳弄來的餐盤。有一隻甚至拖著從某輛跑車拆下來的發亮黑色引擎蓋。

「牠們喜歡發亮的金屬，」貝肯朵夫低聲說：「特別是金子。我聽說，牠們擁有的金子比諾克斯堡金庫❹的藏量還多。」他聽起來很羨慕。

「別作夢了！」我說。

「老兄，我不會啦！」他答應我。「我們離開這裡，免得……」

他的眼睛頓時睜得老大。

十五公尺外，兩隻螞蟻正拚命拖著一大塊金屬要回牠們的巢穴。

那塊金屬的尺寸有冰箱那麼大，不斷閃爍著金色和銅色的光芒，側面有怪異的腫塊和突起，底下則有一堆線路跑出來。這時，螞蟻把金屬翻了過來，我看到一張臉。

我嚇得魂都沒了。「那是……」

「噓！」貝肯朵夫把我拉回灌木叢裡。

「但那是……」

「龍的頭，」他敬畏地說：「是的，我看到了。」

那條龍的口鼻部幾乎和我的身體一樣長，嘴巴張得大大的，露出鯊魚牙齒般的金屬牙。它的皮膚是由金和銅的鱗片組成，眼睛則是和我的拳頭一樣大的紅寶石。看起來龍頭已經和身體分離，被螞蟻的大

❹ 諾克斯堡金庫（Fort Knox）位於美國肯塔基州，存放了約五千噸的金塊，數量僅次於紐約的聯邦儲備銀行。

顎咬斷了；線路已經磨損，糾結在一起。

這顆頭一定很重，因為螞蟻像是使盡了全力，卻只能一次拖動十幾公分。

「如果牠們抵達蟻丘，」貝肯朵夫說：「其他螞蟻就會來幫忙。我們必須阻止牠們。」

「什麼？」我問：「為什麼？」

「這是赫菲斯托斯的神蹟。快來！」

我不懂他這句話的意思，但我從來沒見過他這麼堅決。他沿著空地邊緣往前衝，盔甲的顏色融入樹林裡。

我正要跟上去時，一個尖銳而冰冷的東西突然壓在我的脖子上。

「給你個驚喜！」安娜貝斯在我旁邊說。她一定是戴著她的魔法洋基棒球帽，因為她已經完全隱形了。

我想要移動，可是她用刀子頂著我的下巴。瑟琳娜從樹林後面出現，手上的劍已經出鞘。她的阿芙蘿黛蒂盔甲是粉紅和紅色的，和她的衣服與臉上的妝顏色很搭，看起來就像游擊戰芭比娃娃。

「漂亮。」她對安娜貝斯說。

一隻看不見的手沒收了我的劍。安娜貝斯摘掉她的帽子，出現在我面前，露出得意的微笑。「男孩子太好跟蹤了。他們比患相思病的彌諾陶還吵。」

我的臉脹得通紅。我試著回想，希望自己沒說過什麼尷尬的話。我無法判斷安娜貝斯和瑟琳娜偷聽我們講話已經有多久了。

「你是我們的俘虜，」安娜貝斯宣布，「我們去抓貝肯朵夫，然後……」

「貝肯朵夫！」有那麼一小段時間，我完全忘記他了，但他還是繼續往前衝，朝龍頭的方向前進。他離我們已經有十二公尺遠。他沒有注意到這兩個女孩，也沒有發現我並不在他後面。

「快來！」我對安娜貝斯說。

她把我拉回來。「你以為自己在做什麼，俘虜！」

「你看！」

她往空地定睛一看，這才了解到我們的處境。「喔，宙斯啊……」

貝肯朵夫跳進空地，砍向其中一隻螞蟻。他的劍鏗鏘一聲從對方的甲殼上彈開。螞蟻轉過身，大顎不斷地咬合。我還來不及大喊，螞蟻便已經咬到貝肯朵夫的腿，他立刻跌倒在地。這時第二隻螞蟻往他的臉上噴出黏液，他拚命大叫，然後拋下手中的劍，瘋狂地拍打自己的眼睛。

我激動地想往前衝，但安娜貝斯把我拉回來。「不行。」

「查理！」瑟琳娜大喊。

「別喊！」安娜貝斯噓聲說：「已經太遲了。」

「你在說什麼？」我質問她，「我們必須……」

接著我注意到更多螞蟻湧向貝肯朵夫，有十隻、二十隻。牠們攫住他的盔甲，然後往蟻丘的方向拖去，速度快到沒多久就進入坑洞，不見蹤影。

「不！」瑟琳娜推著安娜貝斯。「是你讓牠們帶走查理的！」

「沒時間爭辯了，」安娜貝斯說：「快來！」

我以為她要帶頭衝去營救貝肯朵夫，沒想到卻反而往龍頭的方向跑，螞蟻暫時忘記這個頭了。她拉著底下的線路，開始往樹林的方向拖去。

「你在做什麼？」我質問她，「貝肯朵夫……」

「幫我。」安娜貝斯不滿地說：「快點，免得牠們又回頭了。」

「喔，我的老天！」瑟琳娜說：「比起查理，你更擔心這塊金屬？」

安娜貝斯轉身，抓著她的肩膀搖晃。「聽好，瑟琳娜！那些是邁爾米克。牠們就像火蟻一樣，只不過更厲害一百倍。牠們咬人的時候會放毒。牠們會噴出強酸。牠們會彼此溝通，然後圍攻威脅到牠們的人。如果我們貿然衝進去救貝肯朵夫，也會被一起拖進去的。我們需要救兵，一大堆救兵，才能救他回來。現在，抓住線路，開始拉！」

我不知道安娜貝斯有何計畫，但是我和她一起冒險的時間夠長，我想她這麼做一定有她的理由。我們三人就這樣拖著金屬龍頭進到樹林裡。安娜貝斯要我們繼續往前拖，直到離開空地約四十五公尺遠。然後我們跌坐在地，全身冒汗，大口喘氣。

瑟琳娜這時哭了起來。「他可能已經死了。」

「不，」安娜貝斯說：「牠們不會立刻殺死他。我們大概還有半小時的時間。」

「你怎麼知道？」我問她。

「我讀過邁爾米克的資料。牠們會讓獵物癱瘓，再將他們軟化，然後……」

瑟琳娜在啜泣。「我們必須去救他！」

「瑟琳娜，」安娜貝斯說：「我們會去救他的，但你要了解，這只有一個辦法。」

「去叫其他學員，」我說：「或者奇戎。奇戎會知道該怎麼做。」

安娜貝斯搖搖頭。「他們四散在樹林裡，等我們找齊每個人就太晚了。況且，就算整個混血營入侵蟻丘，力量還是不夠。」

「那該怎麼辦？」

安娜貝斯指著龍頭。

「好吧，」我說：「你要用那一大塊金屬玩偶去嚇走螞蟻？」

「它是自動機械。」她說。

這並沒有讓我感覺比較好。自動機械是由赫菲斯托斯所打造的魔法銅製機械裝置，它們大部分是瘋狂的殺人機器，而這一個還算是裡頭比較好的。

「那又怎樣？」我說：「它只是一顆頭，而且還壞掉了。」

「波西，這不是普通的自動機械，」安娜貝斯說：「它是銅龍。你沒聽過那個故事嗎？」

我茫然地看著她。安娜貝斯待在混血營的時間比我長很多，所以她可能知道一堆我不知道的故事。

瑟琳娜的眼睛睜得好大。「你是說那個古老的守衛者嗎？但那只是個傳說！」

「喝！」我說：「什麼古老的守衛者？」

安娜貝斯深吸一口氣。「波西，在泰麗雅之樹前的那個年代，也就是混血營還沒有魔法邊界可以防止怪物入侵的時代，指導員會想盡各種辦法保護自己。其中最有名的就是銅龍。赫菲斯托斯小屋靠著他們父親的恩賜打造出它。原本它應該很凶猛威武，能夠保護混血營的安全超過十年以上，可是……大概十五年前，它就消失在樹林裡了。」

「而你認為這是它的頭？」

「一定是！邁爾米克可能是在找貴重金屬的時候把它挖了出來。牠們無法移動整條龍，所以就咬下它的頭。身體應該就在不遠的地方。」

「但牠們已經把它咬開了。它已經沒有用了。」

「不見得，」安娜貝斯瞇起了眼睛，看得出來她的腦袋正在高速運轉。「我們可以重組它。如果我們重新啟動它……」

「它就可以幫忙我們拯救查理！」瑟琳娜說。

「等一下，」我說：「這有太多的不確定了。不確定我們找到它，不確定我們可以及時啟動它，不確定它可以幫助我們。你說這東西是在十五年前消失的？」

安娜貝斯點點頭。「有人說它是因為馬達磨損，所以才到樹林裡自行關閉；也有人說是因為它的程式亂掉了。沒有人知道真正原因。」

「你要把已經亂掉的金屬龍重組起來？」

「我們得試試看！」安娜貝斯說：「這是貝肯朵夫唯一的希望！而且，這可能是赫菲斯托斯的神蹟。這條龍應該想幫助赫菲斯托斯的孩子。貝肯朵夫也會希望我們試試看的。」

我不喜歡這個主意。不過話說回來，我也沒有更好的建議。時間剩下不多了，如果我們再不快點行動，瑟琳娜看起來就要休克了。貝肯朵夫曾經說過什麼赫菲斯托斯的神蹟，或許該是一探究竟的時候了。

「好吧，」我說：「我們去找無頭龍。」

我們找了幾世紀，或者可以說感覺起來有這麼久，因為我一直在想像貝肯朵夫在蟻丘裡的模樣。他一定嚇壞了，全身動彈不得，一群身上有盔甲的生物在他旁邊匆忙經過，等著他全身軟化。

要跟著螞蟻爬過的痕跡行動並不難。牠們拖著龍頭穿過森林，在泥地上劃出一道深溝，我們就沿著牠們的來時路把頭再拖回去。

我們一定走了有四百公尺那麼遠，而我愈來愈擔心時間不夠用，這時安娜貝斯說：「Di immortales!（老天！）」

原來我們已經來到一個大坑洞的邊緣，是一個彷彿有什麼東西在森林地面上砸出一棟房子那麼大的坑洞。邊坡很滑，而且都是樹根。螞蟻爬過的痕跡一路延伸到坑洞底部，一堆金屬躺在那裡，即使上面有塵土，還是閃爍著光芒。殘破的銅身一端有線路露出來。

「龍頸，」我說：「你想這個坑洞是螞蟻弄出來的嗎？」

安娜貝斯搖搖頭。「看起來比較像是隕石撞擊……」

「是赫菲斯托斯，」瑟琳娜說：「一定是神挖出這個洞。赫菲斯托斯要我們找到龍。他想要讓查理……」她哽咽了。

「快點，」我說：「我們把這壞小子重新連結起來。」

要讓龍頭下到坑底很容易。它沿著邊坡一路滾下去，撞到龍頸時發出很大的金屬撞擊聲「砰」，但要把它們重組起來就難多了。

我們沒有工具，也沒有經驗。

安娜貝斯與那些線路搏鬥了半天，還用古希臘語咒罵。「我們需要貝肯朵夫。他一下子就能完成這個工作。」

「你母親不是發明女神嗎？」我問。

安娜貝斯憤怒地瞪著我。「對，但這個不一樣。我擅長的是創意，不是機械。」

「如果要我在這個世界上挑一個人出來重組我的頭，」我說：「我會選你。」

我就這樣脫口而出，我想是為了給她信心。然而話一說出口，我立刻了解到這聽起來有多蠢。

「噢……」瑟琳娜一邊啜泣、一邊擦掉眼淚。「波西，你真好。」

安娜貝斯羞紅了臉。「閉嘴，瑟琳娜。把你的短劍給我。」

我怕安娜貝斯要用它來刺我，還好她只是要拿來當做螺絲起子，好打開龍頸上的嵌版。「大概做了也是白做。」她說。

然後她開始把神龍的銅線接起來。

這花了很長的時間。太長了。

我猜奪旗大賽這時已經結束了，很好奇其他學員要多久才會意識到我們不見了，然後回來找我們。如果安娜貝斯的計算正確的話（這倒是一向如此），貝肯朵夫可能只剩下五到十分鐘，然後就會被螞蟻吃掉了。

終於安娜貝斯站起來，吐出一大口氣。她的雙手沾滿泥巴，上頭布滿小傷痕。她的指甲破裂，額頭上有一道被龍的潤滑油噴到的棕色痕跡。

「好，」她說：「完成了。我想……」

「你想？」瑟琳娜問。

「一定得行。」我說：「我們沒有時間了。你怎麼……嗯，啟動它？是有個啟動開關還是什麼的？」

安娜貝斯指著它那紅寶石的眼睛。「它們往順時鐘的方向轉，我猜我們只要轉動它們就可以了。」

「如果有人轉動我的眼珠，我一定會醒過來。」我同意。「但如果它因此對我們發起瘋來呢？」

「那……我們就會沒命。」安娜貝斯說。

「太好了，」我說：「我就成仙了。」

我們一起轉動龍的紅寶石眼睛。忽然間，它們開始發光。安娜貝斯和我因為急速後退而撞在一起。龍打開嘴巴，像是在測試下顎一樣。它把頭轉過來看著我們，蒸汽從它的耳朵噴出，而它想要站起來。

當龍發現自己不能動時，似乎感到很困惑。它揚起頭，看著那些塵土。最後，它意識到自己被埋起來了，於是開始伸長脖子，一次、兩次……坑洞的中央爆了開來。

龍笨拙地爬到地面上，像狗一樣抖落一身的泥塊，把我們噴得滿身都是。這個自動機械太驚人了，我們都不敢說話；我的意思是，沒錯，它需要到洗車服務區一趟，而且到處都有鬆脫的線路露出來。不過龍的身體實在令人驚嘆，就像是長了腳的高科技坦克。它的身體兩側有銅和金的鱗片覆蓋，上頭還有寶石裝飾。它的腿有樹幹那麼粗，腳爪是鋼製的。它沒有翅膀（大部分希臘龍都沒有），但尾巴快要和身體一樣長，幾乎是校車的大小了。它轉頭時，脖子發出嘎吱和砰砰的聲音，然後仰天噴出勝利的火焰。

「嗯……」我小聲地說：「它還是能動。」

不幸地，它聽到了我的聲音。它用紅寶石眼睛瞄準我，伸出的口鼻距離我大約只有五公分。出於本能，我伸手去拔劍。

「龍，住手！」瑟琳娜大喊。我很訝異她還能喊出聲。她的命令語氣讓自動機械的注意力轉向她。

瑟琳娜緊張地吞了吞口水。「我們叫醒你是為了保衛混血營。你還記得嗎？這是你的工作！」

龍把頭側向一邊，好像在思考。我想瑟琳娜有一半的可能性會被噴火。我正考慮要跳到這東西的脖子上、好分散它的注意力時，瑟琳娜開口了：「查爾斯．貝肯朵夫，赫菲斯托斯之子，他有麻煩了，邁爾米克抓走他，他需要你的幫助。」

一聽到赫菲斯托斯，龍就伸長了脖子。它的金屬身體一陣發抖，再次撒落一堆泥塊，把我們噴得全身都是。

龍四處張望，彷彿要找出敵人在哪裡。

「我們必須帶路，」安娜貝斯說：「快來，龍！赫菲斯托斯之子在那邊！跟著我們！」

就這樣，她抽出劍，我們三人一起爬出坑洞。

「為赫菲斯托斯而戰！」安娜貝斯大喊，這是句好口號。我們衝過樹林。當我往後看，銅龍正跟在我們身後，它的紅眼睛發著光，鼻孔不斷噴氣。

有龍在後面追著，我們跑得更快了，就這樣一路衝向蟻丘。

我們一抵達空地，龍似乎嗅到了貝肯朵夫的氣味。它很快超過我們，而我們必須跳到旁邊，以免被它壓扁。它一路壓垮樹木，關節不斷發出嘎吱聲響，腳重重在地上踩出了坑洞。

它往蟻丘方向直直衝過去。一開始，邁爾米克並不知道發生了什麼事。龍踩到了其中幾隻螞蟻，把牠們壓成了蟲汁。這時，牠們的感應網絡似乎開始運作，訊息可能是：「巨龍，糟了！」

空地上的所有螞蟻頓時全都轉向，把龍包圍起來。更多的螞蟻從蟻丘蜂擁而出，數量有上百隻。龍噴出火焰，逼得整隊螞蟻驚恐地往後退。沒想到原來螞蟻很容易燒起來。儘管如此，還是有更多的螞蟻湧過來。

「進到裡面，就是現在！」安娜貝斯對我們說：「趁牠們注意力都在龍身上的時候。」

瑟琳娜帶頭往前衝；這是我第一次跟隨阿芙蘿黛蒂的孩子一起戰鬥。我們跑過螞蟻身邊，但牠們對我們視而不見。基於某種原因，牠們似乎認為龍是更大的威脅。真是沒想到！

我們衝進最近的一條坑道，我差點因為裡面的惡臭而窒息。沒有東西，我是說沒有任何東西會比巨大的蟻穴還臭，看得出來，牠們在吃掉食物之前會先讓東西腐壞。真的需要有人好好教導牠們有關冷藏的知識。

我們在裡面不斷走過陰暗的坑道與發霉的房間，房間地板上到處都是蛻去的螞蟻殼，還有一灘灘的黏液。螞蟻紛紛湧出來經過我們身邊，趕去加入戰鬥，而我們就只是往旁邊一站，讓牠們通過。就在我們愈來愈進入螞蟻的巢穴後，就只能靠著我的銅劍所發出的微光當做照明了。

「看！」安娜貝斯說。

我往旁邊一個房間裡頭看，心臟蹦地跳了一下。天花板上吊著一個巨大的像是用黏膠黏起來的袋子，我猜那是螞蟻的幼蟲吧，但吸引我注意的不是它。這個洞穴的地板堆滿了金幣、寶石和其他寶藏，有頭盔、劍、樂器、珠寶等，它們就像魔法物品般發出光芒。

「這只是一個房間，」安娜貝斯說：「這裡可能有上百間這樣的育兒室，全都裝飾著珠寶。」

「這不重要。」瑟琳娜堅持說：「我們必須找到查理才行！」

另一個主要原因是：阿芙蘿黛蒂的孩子對珠寶沒興趣。

我們繼續前進。大約走了六公尺多之後，進入一個大洞穴，裡頭的氣味臭到我的鼻子幾乎要作廢。剩飯菜渣堆得像沙丘一樣高，有骨頭、發酸的肉片，甚至還有混血營的廚餘，我猜螞蟻一定是到混血營的堆肥區偷了這些剩飯剩菜。在其中一堆廚餘底下，有個人掙扎著想要站起來，是貝肯朵夫。他看起來糟透了，部分原因是他的偽裝盔甲現在變成了垃圾的顏色。

「查理！」瑟琳娜跑過去，想協助他站起來。

「感謝神，」他說：「我……我的腿動不了！」

「你的腿會慢慢恢復的。」安娜貝斯說：「但我們必須帶你離開這裡。波西，到另一邊扶他。」

瑟琳娜和我把貝肯朵夫扶起來，我們四個人開始往坑道的出口走去。我可以聽到遠方的戰鬥聲，有金屬撞擊聲、火焰噴發聲，還有上百隻螞蟻不斷切咬的聲音。

「外頭發生了什麼事？」貝肯朵夫問。他的身體一陣抽搐。「是龍！你們該不會……重新啟動它了吧？」

「恐怕是這樣，」我說：「看起來這是唯一的辦法。」

「但你們不能光只是啟動自動機械啊！你們還得校正馬達、進行診斷……，根本無法判斷它會怎麼做。我們必須離開這裡！」

結果，我們哪裡也不用去，因為龍已經找上我們。當我們正在努力回想哪個坑道才是出口時，整個蟻丘突然爆炸，撒得我們滿身都是塵土。突然間，我們盯著頭上開放的天空看，龍就在我們的正上方，它因為想擺脫掉爬滿身的邁爾米克而來回拍打著，蟻丘因猛烈撞擊而粉碎開來。

「快走！」我大喊。我們爬出土堆，拉著貝肯朵夫，跌跌撞撞地滑下蟻丘。

我們那位龍朋友有了麻煩。邁爾米克一邊咬著它盔甲上的接點，一邊將強酸噴得它滿身都是。它又是跺腳、又是猛咬和噴火，可是撐不了太久，它銅製的皮膚不斷冒出蒸汽。

更糟的是，有幾隻螞蟻轉向我們。我猜牠們不喜歡我們偷走牠們的晚餐。我揮劍砍掉其中一隻螞蟻的頭，安娜貝斯則在對付另一隻，一劍刺中兩根觸角中間的部位。神聖的銅劍刺穿了牠的外殼時，整隻螞蟻頓時瓦解。

「我……我想我現在能走路了。」貝肯朵夫說，然而我們一放手，他立刻跌個狗吃屎。

「查理！」瑟琳娜協助他站起來，然後拉著他走。安娜貝斯和我則在螞蟻群中清出一條通道。總之，我們在沒被咬或被強酸噴到的情況下，設法來到了空地的邊緣，雖然我的一隻布鞋因為碰到強酸而還在冒煙。

來到空地上，龍已經步履蹣跚，它的表皮瀰漫著一大片強酸煙霧。

「我們不能讓它死掉！」瑟琳娜說。

「但是太危險了，」貝肯朵夫悲傷地說：「它的配線……」

「查理，」瑟琳娜哀求，「它救了你的命呀！拜託，為了我。」

貝肯朵夫感到很猶豫。他的臉仍因為螞蟻的唾液而呈現亮紅色，看起來好像隨時會昏倒一樣，不過他還是掙扎著爬了起來。「要準備逃跑了。」他告訴我們，然後看著空地，大喊：「**龍！緊急防衛！測試啟動！**」

龍轉往聲音的方向。它不再和螞蟻奮戰，眼睛開始發光。空氣中有股臭氧的味道，就好像是暴風雨即將來臨。

滋滋滋滋啪啪！

一陣藍色電弧從龍的皮膚上發射出來，在它的身上來回震盪，並且射到了螞蟻。有一些螞蟻因此爆炸，一些則冒著煙、變得焦黑，腳不斷抽動。幾秒鐘之後，龍的身上已經沒有半隻螞蟻。僅存的螞蟻全都往後撤退，想快速衝回到已經成了廢墟的蟻丘。這時電波往外延伸，擊中牠們的屁股，牠們像是被戳到一般，跑得更快了。

龍發出勝利的吼叫，然後將發光的雙眼對準我們。

「現在，」貝肯朵夫說：「換我們快跑。」

這一次，我們不再大喊「為了赫菲斯托斯而戰」，而是：「救——命啊！」

龍踩著重重的腳步在後面追趕，它一邊噴火、一邊在我們頭上放電，彷彿我們是在舞會的絢爛燈光下。

「你要怎麼讓它停下來？」安娜貝斯大喊。

這時，貝肯朵夫的腳已經沒有問題了（要讓身體恢復機能，沒有什麼方法會比被巨大怪物在後面追趕來得有效），他搖搖頭，大口喘氣。「你們不應該啟動它的！它很不穩定！幾年之後就會發狂！」

「能知道這點真是太好了，」我大喊，「可是你怎麼關掉它呢？」

貝肯朵夫極力四處張望。「那裡！」

前方的地面露出一大塊岩石，幾乎和樹木一樣高。樹林裡有各種奇形怪狀的岩石，但我從沒看過前面這種，它的形狀像是巨大的滑板斜坡，一邊傾斜，另一邊則是像峭壁那樣倏然直立。

「你們快跑到峭壁下方，」貝肯朵夫說：「轉移龍的注意力，讓它不要分心。」

「你打算怎麼做？」瑟琳娜說。

「到時候就知道了，快去！」

貝肯朵夫閃躲到一棵樹後面。這時我轉身對著龍大喊：「嘿，蜥蜴嘴，你的口氣臭得像汽油！」

龍的鼻孔噴出黑色煙霧，它轟隆隆地朝我跑來，地面為之震動。

「快點！」安娜貝斯抓住我的手。我們跑向峭壁的後方，龍就跟在後面。

「我們得在這裡停住。」安娜貝斯說。我們三人都把劍準備好。

龍來到我們面前，突然煞住腳步。它側著頭，像是不敢相信我們會蠢到要和它對戰。既然現在已經逮到我們，它有很多不同的方法可以殺死我們，但它似乎無法做出決定。

當它噴出第一道火焰時，我們四散開來，火焰將我們原本站立的地面變成一堆冒煙的灰燼。

然後我看到貝肯朵夫在我們上方，就在峭壁的上方，我立刻明白他想要做什麼。他需要乾淨俐落的一擊。我必須吸引龍的注意力。

「呀啊！」我往前猛衝，將波濤劍往龍腳一揮，砍下一隻爪。

它低頭看我時不斷發出嘎吱聲；它的表情看起來不像生氣，而比較像是困惑，就像在說：「你為什麼砍掉我的爪子？」

然後它張開嘴巴，露出一百顆銳利的尖牙。

「波西！」安娜貝斯警告我。

我站在原地不動。「再等一秒……」

「波西！」

就在龍要發動攻擊的時候，貝肯朵夫從岩石上縱身一跳，跳到龍的脖子上。

龍直立起來，噴出火焰，想要擺脫貝肯朵夫，然而他就像牛仔一樣，在這頭怪物拱背跳起來時緊緊抓住不放。我看得出神，這時他在龍頭底下扯開一片嵌版，抓住裡面的線路後猛力一扯。

龍立刻停住不動，它的眼光漸漸黯淡。突然間，它變成一尊龍的雕像，朝天空露出牙齒。

貝肯朵夫從龍頸上滑下來，滑到尾巴時他已經全身癱軟、筋疲力盡，而且氣喘吁吁。

「查理！」瑟琳娜跑向他，並在他的臉頰上重重地親了一下。「你辦到了！」

安娜貝斯來到我身邊，抓著我的肩膀。「嘿，海藻腦袋，你還好吧？」

「還好……我猜。」我在想，就差那麼一點點，我就會變成混血人肉餐、進到龍的嘴巴裡了。

「你做得很好。」安娜貝斯的微笑比那隻蠢龍的笑容好太多了。

「你也是。」我顫抖著說；「所以……我們要拿這個自動機械怎麼辦呢？」

貝肯朵夫用手擦拭他的額頭。瑟琳娜還在為他的傷口和瘀血大驚小怪，貝肯朵夫因此看起來心不在焉。

「我們……嗯……我不知道，」他說：「或許我們可以修理它，讓它來守衛混血營，不過那可能要花上好幾個月的時間。」

「值得試試看，」我說。我想像著銅龍與我們一起對抗泰坦巨神克羅諾斯的情景，如果他的怪物得面對這個東西，在攻擊混血營之前可能會三思。但是話說回來，假如龍又再度抓狂、攻擊混血營的話，那可就大大不妙了。

「你們看見蟻丘裡的那些寶藏了嗎？」貝肯朵夫問，「魔法武器、盔甲，那些東西真的能幫助我們？」

「還有手鐲，」瑟琳娜說：「以及項鍊。」

我想起那些坑道裡的氣味，不禁一陣顫抖。「我想過陣子再來趟冒險，甚至可能要召集一大群混血人才能靠近那些寶藏。」

「或許吧，」貝肯朵夫說：「但寶藏……」

瑟琳娜研究著動也不動的龍。「查理，那是我所見過最英勇的行為了，就是你跳到龍身上這件事。」

貝肯朵夫吞了口水。「嗯……是啊。所以……你願意和我一起去看煙火嗎？」

瑟琳娜的臉亮了起來。「當然囉，你這個大笨蛋！我還以為你不會問哩！」

貝肯朵夫突然看起來好了很多。「那麼我們回去吧！我敢說奪旗大賽一定結束了。」

我必須光著腳丫，因為強酸已經完全腐蝕了我的鞋子。我踢開鞋子的時候，發現黏液也已經滲進我的襪子裡，使得我的腳變得又紅又腫。我靠在安娜貝斯身上，讓她扶著我一拐一拐地走過樹林。

貝肯朵夫和瑟琳娜走在我們前面，手牽著手。我們放慢腳步，留給他們一些空間。

我看著他們，手又繞著安娜貝斯來支撐，這讓我感覺很不自在。我暗暗咒罵貝肯朵夫怎麼那麼勇敢；我說的不是他單挑龍這件事，而是三年之後他終於有勇氣開口約瑟琳娜．畢瑞嘉。太不公平了。

「你知道，」安娜貝斯在我們費力往前走的時候說：「那不是我所見過最勇敢的事。」

我眨了眨眼睛。難道她有讀心術？

「嗯，你的意思是……？」

安娜貝斯在我們努力要涉過淺溪時，抓著我的手腕。「你獨自面對龍，讓貝肯朵夫有機會往下跳，那個才是勇敢。」

「或者愚蠢。」

「波西，你是個勇敢的人，」她說：「就接受讚美吧。該死，這有那麼難嗎？」

我們四目對望。我們的臉，嗯，相距大約只有五公分。我的胸膛感覺怪怪的，心臟就像嚇人娃娃一樣要跳出來。

「所以……」我說：「我猜瑟琳娜和查理要去看煙火。」

「我想是這樣。」安娜貝斯同意。

「好，」我說：「嗯，那麼……」

我不知道我說了什麼，但就在這時候，安娜貝斯在雅典娜小屋的三個兄弟姊妹從灌木叢裡冒出來，紛紛拔出他們的劍。他們看見我們時，臉上露出了笑容。

「安娜貝斯！」其中一人說：「做得好！讓我們把這兩人抓起來。」

我瞪著他。「比賽還沒結束？」

雅典娜的學員大笑。「還沒……不過就要結束了。現在我們抓到你們了。」

「老兄，拜託，」貝肯朵夫發出抗議，「我們跑去忙別的事了。有一條龍，還有整個蟻丘的螞蟻都在攻擊我們。」

「嗯哼，」雅典娜小屋的另一個人說，顯然他聽不進去。「安娜貝斯，分散他們的注意力這件事真是做對了，完全奏效。你要我們從這裡接手嗎？」

安娜貝斯從我身邊離開。我理所當然以為她要讓我們自行走回邊界，但她抽出匕首指著我，臉上露出了笑容。

「不，」她說：「瑟琳娜和我就能處理。來吧，俘虜，快點走。」

我目瞪口呆地看著她。「這都是你計畫好的？你策畫這整件事，就是為了讓我們離開比賽？」

「波西，說真的，我怎麼可能策畫這件事呢？那條龍，還有螞蟻，你以為我能事先想到這些嗎？」

似乎不太可能，但她是安娜貝斯，這就很難說了。這時她和瑟琳娜互看了一眼，看得出來她們正在忍住不要笑出聲。

「你……你這個小……」我開口說，卻想不到什麼綽號來叫她。

我在前往監牢的路上一直抗議，貝肯朵夫也是。在經歷過這些事情之後還把我們當犯人對待，實在太不公平了。

但安娜貝斯只是微笑，然後把我們送進監牢。就在她轉身要回到前線時，又回頭對我眨眨眼。「放煙火時見囉。」

她沒等到我回答，便衝進樹林裡了。

我看著貝肯朵夫。「她剛剛是不是……約我出去？」

他聳聳肩，一副厭惡的表情。「誰知道女孩子在想什麼？不如給我一條故障的龍，任何時候都好。」

於是我們一起坐下，等著女孩們贏得比賽。

混血營機密訪談

史托爾兄弟
荷米斯之子

柯納與崔維斯．史托爾的訪談

你們對其他學員所做過最棒的惡作劇是什麼？

（柯納）：金芒果！

（崔維斯）：喔，老兄，那太棒了。

（柯納）：總之，我們拿了一顆芒果，把它噴成金色，對吧？我們在上面寫了「獻給最性感的人」這幾個字，然後趁他們上射箭課時，放到阿芙蘿黛蒂小屋。她們回來之後開始爭奪這顆金芒果，想要弄清楚誰才是最性感的人。那真是太有趣了。

（崔維斯）：Gucci的鞋子就這樣飛出窗外。阿芙蘿黛蒂的孩子們互相撕扯對方的衣服、互扔脣膏和珠寶。她們就像一群激動的布拉茲娃娃❺。

（柯納）：然後她們發現那是我們做的好事，就來追我們。

（崔維斯）：那時就不酷了。我不知道她們手上有不褪色的化妝品，接下來一個月，我看起來就像小丑。

（柯納）：對，她們還對我施咒語，以至於不管我穿什麼衣服，尺寸都會縮小一半，我感覺自己像個怪胎。

（崔維斯）：你是怪胎呀！

❺布拉茲（Bratz）娃娃是美國MGA公司所發售的一組四款身著流行服飾、戴珠寶的洋娃娃，造型特色是有著大大的頭、皮包骨的身體、刷著眼影的杏仁狀眼睛，以及塗上晶亮光澤的脣膏。

奪旗大賽時，你們最希望誰加入你們的隊伍？

（崔維斯）：我的兄弟，因為我得看著他。

（柯納）：我的兄弟，因為我不信任他。但除了他之外嘛，可能是阿瑞斯小屋。

（崔維斯）：沒錯，他們很強壯，而且容易操控，是完美組合。

在荷米斯小屋中，最棒的事是什麼？

（柯納）：你從來不感覺到孤單；我是說真的，一直有新的孩子進來，所以你一定有說話的對象。

（崔維斯）：或是惡作劇的對象。

（柯納）：或者扒竊的對象。好個快樂的大家庭啊！

克蕾莎
阿瑞斯之女

克蕾莎的訪談

在混血營裡，你最想和誰單挑？

：任何惹到我的人，輸家。喔，你是說特定的人嗎？太多了。阿波羅小屋有一個新來的人，尤邁可，我很想把他的弓砸在他頭上。他以為阿波羅比阿瑞斯好太多，就只是因為他們在戰鬥中可以使用遠程武器，然後像個膽小鬼一樣站得遠遠的。只要給我一副矛和盾，總有一天，記住我的話，我會摧毀尤邁可和他整個軟弱的小屋。

除了你父親，你認為奧林帕斯會議中，誰是最勇敢的天神？

：嗯，誰都比不上阿瑞斯啦，但我想，天神宙斯相當勇敢的；我的意思是說，他挑戰泰風，和克羅諾斯戰鬥。當然啦，你只要手上有超級強力閃電這項武器，要勇敢其實不難。這句話沒有不敬的意思喔。

對於波西把你弄得滿身是馬桶水，你可曾做出報復？

：那個小無賴又在吹噓了，對吧？別相信他，他把整件事誇大了。相信我，報復就要來了，總有一天他會後悔的。我為什麼遲遲不出手？那只是策略罷了，我在等待出擊的最佳時機。我不是害怕，了解嗎？任何人敢說有的沒的，我會讓他們去看牙醫。

安娜貝斯
雅典娜之女

安娜貝斯・雀斯的訪談

如果讓你設計新的混血營，那會是什麼樣子？

：很高興你問起這個問題。我們真的需要一座神殿。在這裡，身為希臘天神的孩子，我們卻連父母的紀念碑都沒有。我會把它蓋在混血營南方的山丘上，而且會精心設計，好讓每天早晨的陽光穿透窗戶，並輪流在地上投射出眾神的象徵，比方說今天是老鷹，明天是貓頭鷹。當然，裡頭會有眾神的雕像，還有用來燃燒祭品的金爐。我的設計會有完美的音響效果，就像卡內基音樂廳，這樣我們就能在那裡舉辦七弦琴和蘆笛的音樂會。我可以繼續說下去，不過你應該有個概念了。奇戎說，要完成這樣的計畫，我們得賣出四百萬卡車的草莓，但我覺得這會很值得。

除了你的母親，你認為誰是奧林帕斯眾神會議中最有智慧的天神？

：哇，讓我想想看……嗯，問題是，奧林帕斯眾神並不以智慧著稱啊，我這樣說其實是懷著最大的敬意。宙斯有著難以明說的智慧；我的意思是，他維持家庭完整長達四千年，而這並不容易。荷米斯很聰明，他還曾經偷走阿波羅的牛，甚至大大作弄了對方，但阿波羅也不是笨蛋啦。我也一向很尊敬阿蒂蜜絲，她對自己的信念毫不妥協，就只是做自己的事情，不會花太多時間在議會和其他天神爭辯。她也比大多數的天神花了更多時間在凡人世界，因此她了解到底發生了什麼事。不過她不了解男人，我想沒有人是完美的。

在所有的混血營朋友當中，你最想和誰一起戰鬥？

：喔，波西。沒有別人了。我是說，沒錯，他可能很讓人厭煩，但他很可靠。他很勇敢，而且是個好戰士。通常只要我告訴他該怎麼做，他就會在戰鬥中獲勝。

大家都知道你三不五時就會叫波西「海藻腦袋」。他最令人厭煩的特質是什麼？

：嗯，我並不會因為他很機靈就這樣叫他，對吧？我的意思是說，他不「笨拙」；其實他還滿聰明的，只不過有時候行為很笨拙。我懷疑他這麼做只是為了要惹我生氣。這個人還是有他可取的地方啦。他很勇敢，有幽默感，長得很好看。但如果你敢告訴他這是我說的，你就試試看！

我說到哪裡了？喔，對了，他有可取之處，但他是這麼的……遲鈍，就是這個詞；我是說，他對顯而易見的事情視而不見，像是別人的感覺啦，即使你暗示或明示他都一樣。什麼？不，我不是在指特定的人或事，我說的是通論。為什麼每個人都這樣想呢……啊！算了。

格羅佛
羊男

格羅佛．安德伍德的訪談

你最喜歡吹奏的蘆笛曲子是哪一首？

：喔，嗯……這有點難為情。有一次我接到一隻麝鼠的點歌，牠想聽〈麝鼠之愛〉❻。嗯……我學會了這首曲子，而且，我得承認，我很喜歡演奏它。

---

❻〈麝鼠之愛〉（Muskrat Love）是美國歌手及詞曲家拉姆西（Willis Alan Ramsey）的作品。

說實在的，它不是只適合麝鼠而已，它是一首很甜美的情歌。我每次演奏時總是淚眼婆娑。波西也是，但我想那是因為他在取笑我，笑到流眼淚啦！

你最不想在暗巷裡遇到誰？獨眼巨人還是戴先生？

：哇哈哈！這是什麼問題啊？嗯，那個……很明顯我比較想遇到戴先生啦，因為他是這麼的……呃，和善。沒錯，他對我們羊男都很仁慈與寬容。我們都愛他。我會這樣說可不是因為他總是會聽到，也不是因為我不這樣說就會被轟成碎片喔！

依你看來，全美國最美麗的自然景點在哪裡？

：還有好景點留下來，真令人訝異啊！不過我最喜歡紐約北部的寧靜湖❼，非常漂亮，特別是在冬天。而且那裡的森林精靈——哇嗚！喔，等等，你可以把這部分刪掉嗎？朱妮珀會殺了我的。

錫罐真的那麼好吃嗎？

：我的老羊奶奶總是說：「一天兩錫罐，怪物靠邊站。」它含有豐富礦物質，有飽足感，而且質地很棒。真的，怎麼會不喜歡呢？要不是人類的牙齒不適合這種粗食，我會一直想吃。

---

❼ 寧靜湖（Lake Placid）是位於美國紐約州東北部的一個村莊，因舉辦一九三二和八〇年冬季奧運而聞名。

波西
波塞頓之子

波西．傑克森的訪談

你最喜歡混血營的哪一點？

：當然是看到我的朋友呀！待在學校一年之後，能夠再回到混血營真是太酷了，那就好像回到家一樣。夏日的第一天，我會走到小屋，而柯納和崔維斯這時正在營區商店裡偷東西，瑟琳納因為想徹底改造安娜貝斯而發生爭吵，克蕾莎則仍然在把新來孩子的頭按進馬桶裡。有些事情永遠不會改變，真是太棒了。

你上過許多不同的學校，當個轉學生最辛苦的地方在哪裡？

：闖出名聲。我的意思是說，每個人都要你服從，對吧？不管你是書呆子或運動員什麼的。你必須很快讓大家明白，你可不是省油的燈，但你也不能當個混蛋啦。不過，我可能不是提供建議的最好人選，我總是一學年都還沒念完就被踢了出來，或是炸掉了什麼東西。

如果你必須用波濤劍交換其他魔法物品，你會選擇哪一樣？

：這很難回答，因為我真的很習慣用波濤劍了，無法想像沒有這把劍的話該怎麼辦。我想，如果有一套能夠融入我平常衣服的盔甲，那應該會很酷。穿上盔甲真是苦差事。你知道嗎？它很重、又熱，而且一點也不時尚，所以，能變形成盔甲的衣服會很實用。不過，我還不確定會不會用波濤劍來交換。

你經歷過許多死裡逃生的時刻，最害怕的一次是什麼時候？

：我會說是在混血之丘上和彌諾陶的那次戰鬥，因為我根本搞不清楚是怎麼一回事，那時甚至不知道自己是混血人。我以為就要永遠失去我媽了，而且我被困在暴風雨中的山丘上，正在和這個巨大的公牛男打鬥，這時在一旁的格羅佛早已經昏倒，卻還在哀號說：「有吃的東西嗎？」老天，這真是太嚇人了。

對於那些懷疑自己是混血人的孩子，你有什麼建議？

：祈求是自己弄錯了。真的，這些故事讀起來可能很好玩，但這可不是好事。如果你真的認為自己是混血人，那就趕快找到羊男。你在任何學校都能找到他們。他們的笑聲很怪異，而且什麼東西都吃。他們走路的姿勢可能也很怪，因為要設法隱藏假腳裡的偶蹄。找到你學校裡的羊男，然後尋求他的幫助。你必須立去到混血營報到。不過再說一次，你不會想成為混血人的。千萬不要在家裡嘗試。

混血營機密寶圖

攀岩場
涼亭餐廳
圓形露天劇場
獨木舟湖
小屋區
美術
工藝教室
排球場
主屋
泰麗雅松樹
混血之丘

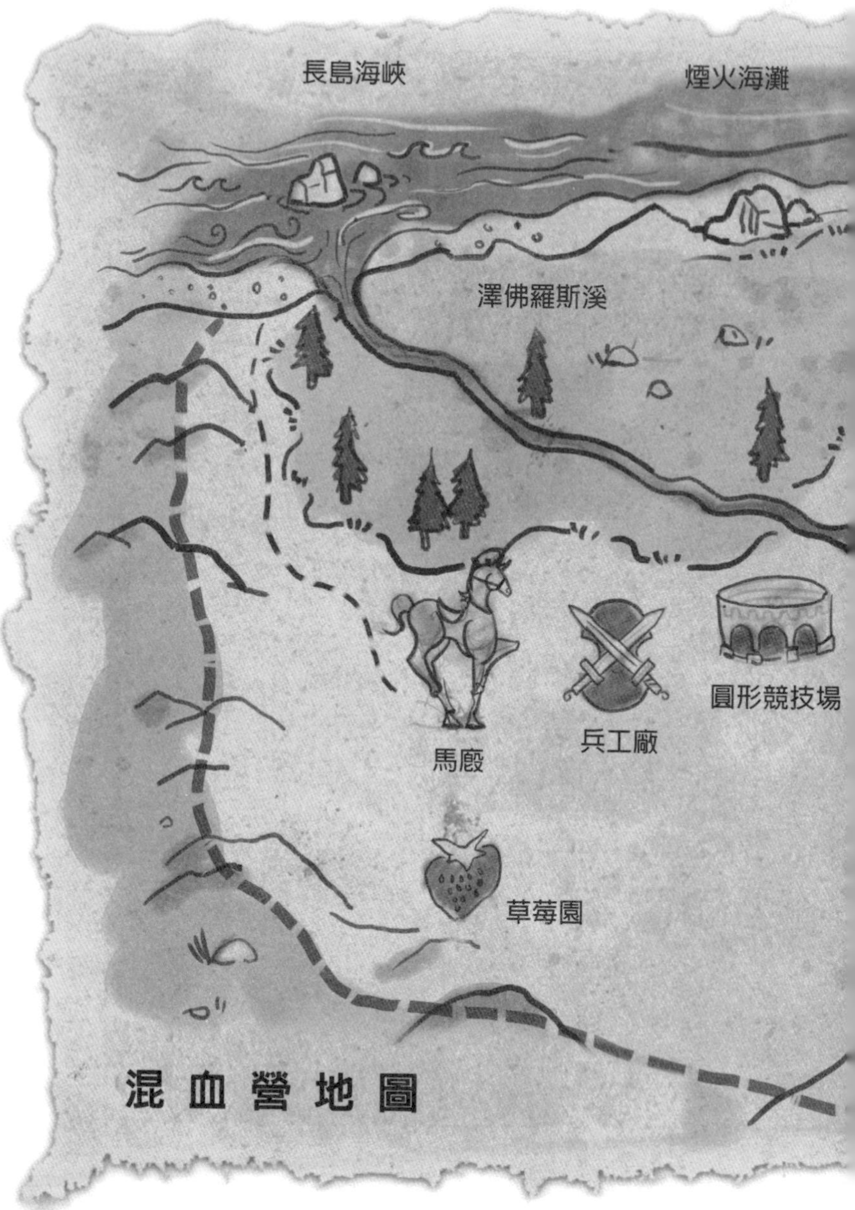
長島海峽
煙火海灘
澤佛羅斯溪
圓形競技場
兵工廠
馬廄
草莓園
混血營地圖

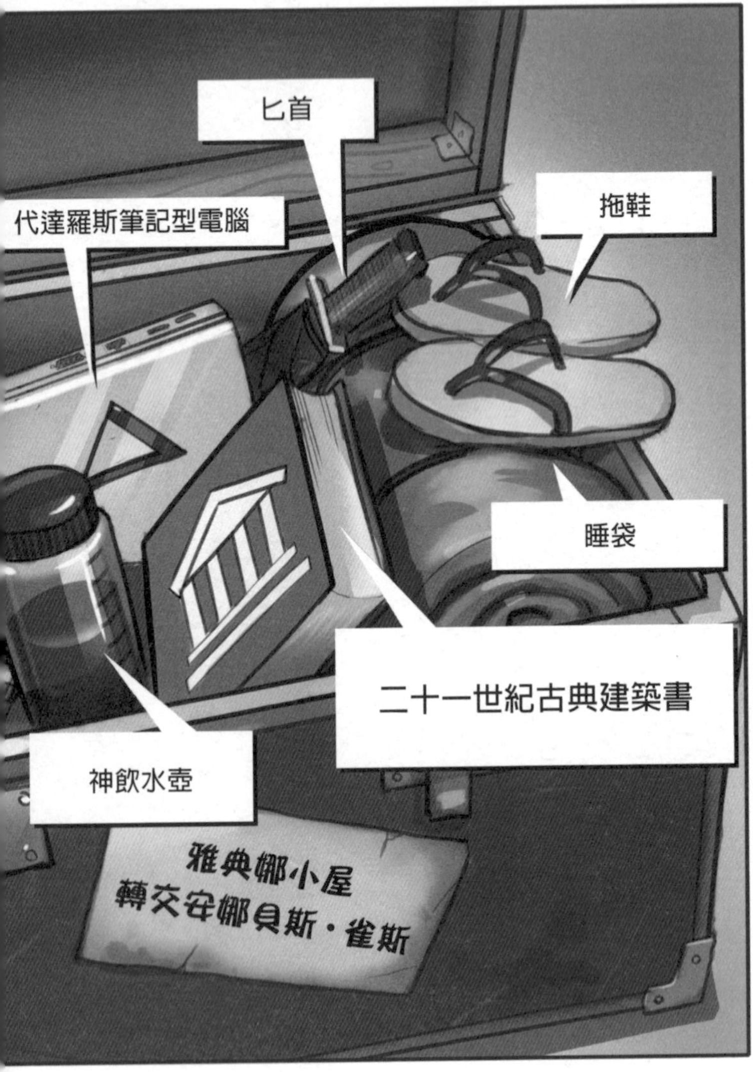
匕首
代達羅斯筆記型電腦
拖鞋
睡袋
二十一世紀古典建築書
神飲水壺
雅典娜小屋
轉交安娜貝斯・雀斯

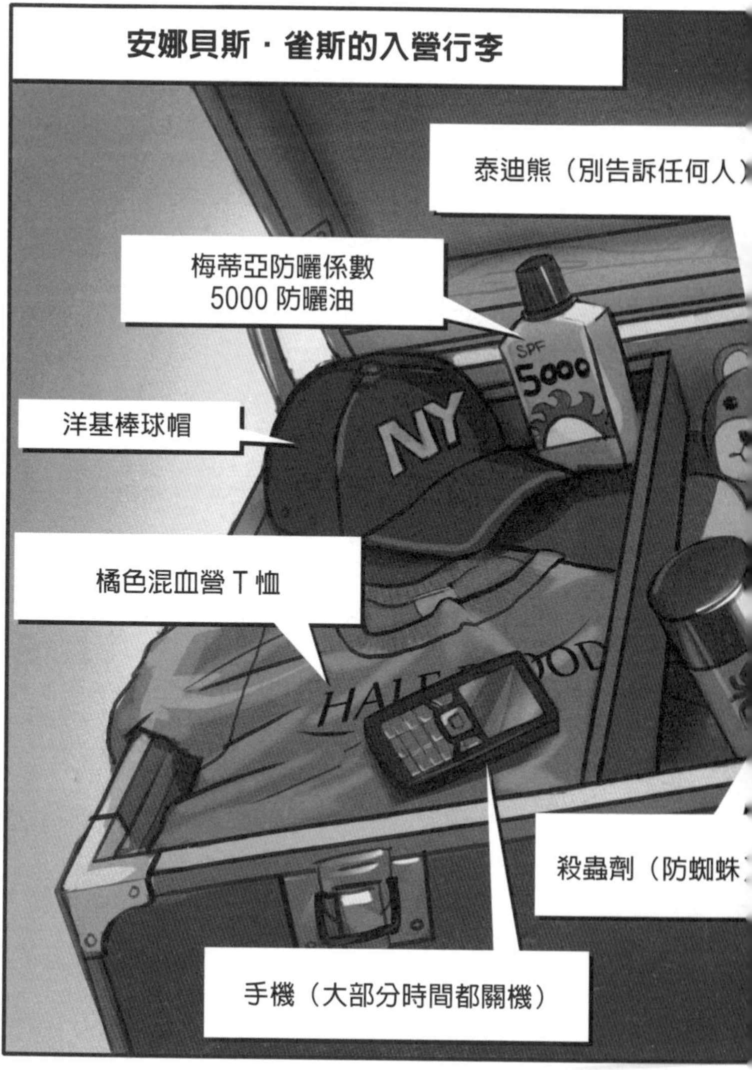
安娜貝斯·雀斯的入營行李
泰迪熊（別告訴任何人）
梅蒂亞防曬係數
5000 防曬油
SPF
5000
洋基棒球帽
NY
橘色混血營 T 恤
殺蟲劑（防蜘蛛）
手機（大部分時間都關機）

尋回黑帝斯之劍

在地底世界度過耶誕節不是我的主意。

如果我知道即將發生的事，我會請個病假，這樣就能避開一整群惡鬼、一場和泰坦巨神的戰鬥，以及幾乎讓我和朋友墜入永恆黑暗的詭計。

但我沒有這麼做，我必須參加愚蠢的英文考試。所以就這樣，在古迪高中冬季班的最後一天，我和其他一年級生坐在大禮堂裡，努力完成那篇「我沒看過卻要假裝看過」的《雙城記》❽中論題。這時歐萊麗女士突然衝上舞台，發狂吠叫。

歐萊麗女士是我的寵物地獄犬。牠是一頭毛髮蓬鬆、體型和悍馬車一樣大的黑色怪物，有著一口利牙、尖銳的鋼爪，以及發紅的眼睛。牠很惹人憐愛，不過通常牠都待在我們混血人的訓練營裡。看到牠出現在舞台上，踩過耶誕樹和耶誕精靈，並搗毀其他冬日仙境的布景，實在讓我有點訝異。

每個人都抬頭看。我以為其他孩子會嚇得驚慌失措、奪門而出，沒想到他們只是竊笑，後來開始笑出聲。有幾個女孩子甚至還說：「哇，真可愛！」

我們的英文老師，吳遼先生（我不是開玩笑，這真的是他的名字）扶了扶眼鏡，然後皺起眉頭。

「好了，」他說：「這是誰的貴賓狗？」

我如釋重負地嘆了口氣。謝謝神，還好有迷霧，也就是讓凡人看不見事物真貌的魔法遮罩。以前我看過它轉換現實好幾次，但歐萊麗女士是貴賓狗？這也太感人了。

「呃，是我的貴賓狗，老師，」我開口說：「抱歉，牠一定是跟著

---

❽《雙城記》（*A Tale of Two Cities*），英國大文豪查爾斯・狄更斯（Charles Dickens, 1812-1870）以法國大革命為背景的長篇小說，是世界經典名著之一。

我來的。」

我身後有個人開始吹起口哨。「瑪麗有隻小羊❾。」其他孩子忍不住大笑。

「夠了！」吳遼老師生氣地說：「波西・傑克森，這是期末考試，我不能讓貴賓狗……」

「嗚嗚！」歐萊麗女士的吠叫聲震撼了整個大禮堂。牠搖著尾巴，又撞倒了幾個耶誕精靈，然後伸出前腳蹲伏下來瞪著我看，像是要我跟她走。

「我帶牠離開這裡，吳遼老師。」我答應他。「反正我已經寫完考卷了。」

我闔上試卷，跑向舞台。歐萊麗女士走向門口，我跟了上去，其他孩子還在我背後嘻笑，並叫我：「再見囉，貴賓狗男孩！」

歐萊麗女士沿著東八十一街跑向河邊。

「慢一點！」我大喊，「你在做什麼？」

路人對我投以好奇的眼光，但這裡是紐約，一個男孩追著貴賓狗跑恐怕不是他們見過最怪異的事情。

歐萊麗女士一路走在我前方，偶爾轉身對我吠叫，彷彿在說：「動作快點，慢吞吞的！」牠往北跑過三條街，一直跑進卡爾舒茨公園。等到我追上牠的時候，牠已經跳進鐵柵欄，消失在一大片修剪成形、被雪覆蓋的巨大灌木叢圍籬後面。

「喔，拜託！」我抱怨著。我沒有機會回學校拿外套，幾乎要凍僵了。但我還是翻過柵欄，進到冰凍的灌木叢林裡。

⑨〈瑪麗有隻小羊〉（Mary had a Little Lamb）是美國作家海爾（Sarah Josepha Hale, 1788-1879）根據真實故事所寫成的童詩，描寫一個名叫瑪麗的小女孩與她心愛的小羊形影不離的故事。後來這首童詩被傳唱成童謠。

灌木叢的另一邊是一片空地，約有二十公畝大，草地上都結了冰，四周圍繞著光禿禿的樹木。歐萊麗女士正瘋狂地搖著尾巴到處嗅聞。我沒看到任何怪異的地方。在我前方，鐵灰色的東河緩慢流過，皇后區的上空有白色煙霧如波浪般翻滾起伏；在我後方，上東區隱約出現在遠方，看起來既寒冷又寂靜。

我不確定是怎麼回事，不過我的脖子後面開始感到刺痛。我拿出原子筆，拔掉筆蓋，它立刻變成我的銅劍，也就是波濤劍，劍身在冬日的陽光下微微反光。

歐萊麗女士抬起頭來，牠的鼻孔在抽動。

「怎麼了，女孩？」我低聲問。

灌木叢突然沙沙作響，一頭金色的鹿衝了出來；當我說「金色」時，並不是在指「金黃色」。這東西有金屬的皮毛和角，看起來就像真的十四K金。它閃著一環金光，亮到幾乎無法直視。這可能是我所見過最漂亮的東西了。

歐萊麗女士像是在想著鹿肉漢堡似地舔舔牠的嘴唇。然後灌木叢裡再度發出聲音，一個穿著有帽長外套的人影跳進空地中，手上的弓已經搭上了箭。

我舉起劍。這女孩把弓箭瞄準我，然後愣住了。

「波西？」她把外套上的銀色兜帽放下來。她的黑髮比我記憶中的還要長，但我認得那對明亮的藍眼睛，以及表明她是阿蒂蜜絲獵女隊隊長的銀色頭飾。

「泰麗雅！」我說：「你在這裡做什麼？」

「追蹤金鹿啊，」她說，好像這是很顯而易見的事。「那是阿蒂蜜絲的聖獸。我想這是某種神蹟。而且，嗯……」她緊張地對歐萊麗女士點了點頭。「你可否跟我說那東西在這裡做什麼？」

「那是我的寵物耶……歐萊麗女士，不行！」

歐萊麗女士正在嗅聞這頭鹿，這樣做基本上是不尊重對方的個人空間。這頭鹿用頭抵住地獄犬的鼻子。很快地，雙方就在空地上玩起「離我遠一點」的奇怪遊戲。

「波西……」泰麗雅皺起眉頭。「這不可能是巧合。你和我同時出現在同一個地點。」

她說得沒錯，混血人不會有巧合的事。泰麗雅是我的好朋友，可是我已經超過兩年沒有看過她了，而現在突然間她就出現在我眼前。

「某個神在作弄我們吧。」我猜。

「可能吧。」

「不管怎樣，很高興看到你。」

她對我勉強擠出一個微笑。「嗯，如果我們能夠全身而退，我就請你吃起司漢堡。安娜貝斯還好嗎？」

我正要回答時，一片浮雲遮住了太陽。金鹿發出一陣閃爍光芒之後便消失了，留下歐萊麗女士對著一堆落葉狂吠。

我把劍準備好，泰麗雅則抽出她的弓。出於本能，我們背對背地擺出防禦的架勢。一塊陰影飛過了空地上方，有個男孩從陰影裡跌出來，就像是被拋出來一樣，然後降落在我們腳跟前的草地上。

「噢。」他低聲抱怨，撢了撢身上的飛行員夾克。他大約十二歲，一頭黑髮，身穿牛仔褲、黑色T恤，右手戴著一個骷顱頭戒指，腰間掛著一把劍。

「尼克？」我說。

泰麗雅張大了眼睛。「碧安卡的弟弟？」

尼克臉色一沉。我懷疑他並不喜歡「碧安卡的弟弟」這稱號。他的姊姊是阿蒂蜜絲獵女隊的一員，幾年前去世了，直到現在他還是很痛心。

「你們為什麼要帶我來這裡？」他抱怨著，「前一分鐘我還在紐奧良的墓園，下一分鐘……這裡是紐約？以黑帝斯之名，我來紐約做什麼啊？」

「不是我們帶你來這裡的，」我向他保證，「我們是……」一陣寒意沿著我的背脊往下竄。「我們都是被帶到這裡的，我們三個都是。」

「你在說什麼？」尼克質問。

「三大神的孩子，」我說：「宙斯、波塞頓、黑帝斯。」

泰麗雅猛吸了一口氣。「那個預言。你該不會以為克羅諾斯……」

她沒有把自己的想法說完。我們都知道那個著名的預言：戰爭即將來臨，是泰坦巨神和天神之間的爭戰，而三大神的一個孩子在滿十六歲時將做出拯救或毀滅世界的決定。換句話說，就是指我們之中的某個人。在過去幾年，泰坦巨神克羅諾斯曾經想要分別操縱我們三個人，現在……他把我們三人湊在一起，難道是在密謀什麼詭計？

地面開始隆隆作響。尼克也拔出他的劍，黑色劍身是由冥界的鐵鑄成的。歐萊麗女士往後跳，警覺地吠叫。

太遲了，我知道牠是想要警告我。

地面在我們正下方裂了一個大洞，泰麗雅、尼克和我掉進一片黑暗之中。

我以為我們會一直往下掉，或者會在撞擊到底部時摔成混血人肉餅。但接下來我只知道，泰麗雅、尼克和我站在花園裡，我們三人因為驚恐而還在尖叫著，這讓我覺得還滿蠢的。

「什麼……我們在哪裡？」泰麗雅問。

花園很昏暗。成排的銀色花朵發出微光，那是巨大寶石的反光，這些寶石標示出花床的位置，裡面有鑽石、藍寶石、紅寶石，每一個都像足球那麼大。樹木呈拱形覆蓋在我們上頭，枝椏上滿是橙色花朵與味道甜美的果實。空氣又冷又潮溼，但不像紐約的冬天，而比較像是在洞穴裡。

「我以前來過這裡。」我說。

尼克從樹上摘下一顆石榴。「我繼母泊瑟芬的花園。」他臉上露出很酸的表情，然後把水果丟掉。「不要吃任何東西。」

這不需要他提醒我兩次。一旦嘗了冥界的食物，我們就會永遠無法離開了。

「頭抬起來。」泰麗雅警告。

我轉頭看見她正用弓箭瞄準一個穿白衣的高大女人。

一開始我以為那個女人是鬼，她的衣服像煙霧一般在她身邊翻騰，黑色長髮彷彿在無重力狀態下飄浮而鬈曲。她的臉龐很漂亮，但一片死白。

然後我意識到她的衣服不是白色的；它是由不斷變換的各種顏色所構成，布料上不斷開出紅、藍和黃色的花朵，但顏色褪得很奇怪。

她的眼睛也是一樣，有不同顏色卻都很淡，感覺就像冥界讓她元氣大傷一樣。我有一種感覺，在上面的世界她會很漂亮，甚至到了耀眼奪目的地步。

「我是泊瑟芬，」她說，聲音細而薄。「歡迎混血人。」

尼克用腳壓碎一顆石榴。「『歡迎？』在上次事件之後，你還有膽量歡迎我？」

我不安地挪動身體，因為那樣和神說話，可能會讓自己倏地變成一團輕煙啊。「嗯，尼克……」

「沒關係，」泊瑟芬冷靜地說：「我們之前有點家人間的小口角。」

「家人間的口角？」尼克大聲說：「你把我變成蒲公英了耶。」

泊瑟芬沒有理會她的繼子。「就像我剛剛說的，混血人，歡迎你們來到我的花園。」

泰麗雅放下她的弓。「金鹿是你派來的？」

「還有地獄犬，」女神承認，「以及接走尼克的影子。有必要把你們聚在一起。」

「為什麼？」我問。

泊瑟芬注視著我，讓我感覺到自己的肚子裡正盛開著一朵朵寒冷的小花。

「黑帝斯殿下有麻煩了，」她說：「如果你們知道輕重，應該會幫忙他才對。」

我們坐在能俯瞰整個花園的漆黑走廊裡。泊瑟芬的侍女帶來食物和飲料，但我們沒有一個人去碰。侍女們都非常漂亮，只不過都是死人。她們身穿黃色洋裝，頭戴雛菊和毒芹做成的花冠，眼神空洞，講話像蝙蝠那樣，會發出幽靈特有的吱吱聲。

泊瑟芬坐在銀色王座上仔細打量我們。「如果現在是春天，我就能在上面的世界好好款待你們。唉，在冬天我就只能做到這樣。」

她的話聽起來苦澀。經過這幾千年，我猜想她對於要和黑帝斯一起生活半年還是充滿怨恨。她看起來如此黯淡又疏離，就像一張春天的老照片。

她像是看穿我的心思般轉頭看著我。「年輕人，黑帝斯是我的丈夫與主人，我願意為他做任何事。不過，這件事情我需要你們的幫助，而且動作要快。這事和黑帝斯殿下的劍有關。」

尼克皺起眉頭。「我父親沒有劍啊。他在戰鬥中是用棍棒，還有他的黑暗之舵。」

「他以前沒有劍。」泊瑟芬糾正他。

泰麗雅坐起身來。「他在打造新的力量象徵物？沒有經過宙斯的允許嗎？」

春天女神用手一指，桌上的一個影像閃閃爍爍，然後變得具體：

燃燒著黑色火焰的熔鐵爐旁邊有好幾個只剩骸骨的武器工匠在工作，他們手持金屬頭骨造型的鐵鎚，要把鐵條敲打成一把劍。

「和泰坦巨神的戰爭即將來臨，」泊瑟芬說：「我的黑帝斯殿下必須做好準備。」

「但是，宙斯和波塞頓絕對不會允許黑帝斯打造新武器的！」泰麗雅提出抗議，「這會讓他們的權力分享協議失去平衡啊！」

泊瑟芬搖搖頭。「你的意思是說，這會讓黑帝斯變成他們的對手？相信我，宙斯的女兒，死神無意對抗他的兄弟。但他知道他們永遠無法理解這點，所以才會祕密打造這把劍。」

桌上的影像又開始閃爍。一個武器工匠殭屍舉起還是火紅鐵條的劍身，然後在底部放進一個奇怪的東西，不是寶石，比較像是……

「那是鑰匙嗎？」我問。

尼克發出窒息的聲音。「黑帝斯的鑰匙？」

「等等，」泰麗雅說：「什麼是黑帝斯的鑰匙？」

尼克的臉色看起來比他繼母還蒼白。「黑帝斯有一套金鑰匙，能夠鎖住和開啟死亡。至少……傳說是這樣。」

「這是真的。」泊瑟芬說。

「要如何鎖住和開啟死亡呢？」我問。

「這套鑰匙的力量能將靈魂禁錮在冥界裡，」泊瑟芬說：「或者釋放它。」

尼克吞了吞口水。「如果其中一把鑰匙被放進劍裡面的話……」

「拿劍的人就可以召喚死者，」泊瑟芬說：「或者用劍輕輕一碰，就能殺死任何生靈，並且將它的靈魂送往冥界。」

我們全都沉默不語。陰森森的噴泉在角落汩汩流著。侍女們在我們身邊飄浮，提供一碟又一碟的水果和糖果，只要我們吃了就會永遠留在冥界。

「那是一把邪惡的劍。」我最後說。

「它會讓黑帝斯勢不可擋。」泰麗雅同意。

「所以你們知道了吧，」泊瑟芬說：「為什麼需要你們幫忙把它找回來。」

我瞪著她。「你剛剛說『把它找回來？』」

泊瑟芬的眼睛很漂亮，卻又非常嚴肅，像是有毒的花朵。「這把劍在快要完成的時候被偷了。我不知道是怎麼辦到的，不過我懷疑是混血人、也就是克羅諾斯的僕人做的。如果這把劍落入了泰坦巨神手裡的話……」

泰麗雅突然站起來。「你竟然讓這把劍被偷！怎麼會那麼笨？現在克羅諾斯可能已經拿到手了。」

泰麗雅的箭頓時變成了長莖玫瑰，弓則變成忍冬的藤，上頭開滿了白色與金色的花。

「小心點，獵女，」泊瑟芬警告，「雖然你父親是宙斯，而且你是阿蒂蜜絲獵女隊的，但在我的地盤上，你對我說話不能不禮貌。」

泰麗雅咬牙切齒。「把……我的……弓……還來。」

泊瑟芬揮揮手，弓和箭變回原來的樣子。「現在，坐下來聽好，這把劍還不能離開冥界。黑帝斯殿下用其他鑰匙封鎖了整個領域，除非他找到劍，否則任何人無法進出，而他會動用所有力量揪出竊賊。」

泰麗雅不情願地坐了下來。「那你幹嘛還需要我們？」

「找劍這件事不能大肆宣傳，」女神說：「我們已經封鎖了冥界，但並沒有宣布原因，也不能差遣黑帝斯的僕人進行搜索。在劍完成之前，不能讓他們知道它的存在，當然，也不能讓他們知道它不見了。」

「如果他們認為黑帝斯有麻煩，就有可能會棄他而去，」尼克猜測，「然後加入泰坦巨神。」

泊瑟芬沒有回答，但若說女神會神色緊張，那就是像她那樣。「竊賊一定是個混血人，沒有哪個天神可以直接偷走另一個天神的武器。就算是克羅諾斯也必須遵守古代律法。他有個高手潛伏在這裡，而要抓到這個混血人……我們需要派出三個人。」

「為什麼是我們？」我問。

「你們是三大神的孩子，」泊瑟芬說：「你們的力量結合起來，誰能抵擋得住？再說，當你們把劍還給黑帝斯的時候，同時也會傳送訊息到奧林帕斯。如果宙斯和波塞頓知道黑帝斯的新武器是由他們自己的孩子交到他手上，就不會發出抗議，那表示你們信賴黑帝斯。」

「可是我並不信任他呀。」泰麗雅說。

「沒錯，」我說：「我們沒理由替黑帝斯做事，更何況是要給他一個超級武器。對吧，尼克？」

尼克瞪著桌子看，手指敲著他的黑色冥河劍。

「對吧，尼克？」我又問。

他猶豫了一下，才把注意力轉向我。「我必須去找這把劍，波西，他是我父親啊。」

「喔，不會吧，」泰麗雅抗議，「你不會相信這是個好主意吧？」

「難道你們寧願讓劍落入克羅諾斯的手中？」

他說得也有道理。

「時間不多了，」泊瑟芬說：「竊賊在冥界也許有同夥，而他一定正在找尋出口。」

我皺起眉頭。「我以為你剛剛說冥界已經封鎖了。」

「沒有一座監獄是滴水不漏的，更何況是冥界；靈魂找到新出口的速度總是快過黑帝斯封鎖的速度。你們必須在劍離開冥界之前把它拿回來，要不然一切都完了。」

「即使我們有這個意願，」泰麗雅說：「又該怎麼找到竊賊呢？」

一株盆栽出現在桌上，是一朵病懨懨的黃色康乃馨，上頭有幾片綠葉。花朵傾向一邊，像是在找尋陽光。

「這朵花會引導你們。」女神說。

「魔法康乃馨？」我問。

「這朵花會一直指向竊賊。隨著你們的獵物逐漸接近出口，花瓣就會不斷掉落。」

就在這時候，一片黃色花瓣變成灰色，然後飄落到地上。

「如果所有花瓣都掉落了，」泊瑟芬說：「花就會死掉，這表示竊賊已經抵達出口，你們的任務失敗了。」

我看了泰麗雅一眼，她看起來對於「用花追蹤竊賊」這件事不怎麼熱中。然後我看著尼克。很不幸地，我看得懂他臉上的表情，知道那個意思就像是希望讓自己的爸爸感到驕傲，即使他很難讓你去愛愛他。在這件事情上，的確很難去愛。

不管我們有沒有參與，尼克終究會去做這件事。而我不能讓他單獨行動。

「有一個條件，」我告訴泊瑟芬，「黑帝斯必須對冥河發誓，他永遠不會用這把劍來對抗天神。」

女神聳聳肩。「我不是黑帝斯殿下，不過我有信心他會答應的，就當做是回報你們的幫忙。」

又一片花瓣從康乃馨上掉下來了。

我轉向泰麗雅。「你痛宰竊賊的時候，我幫忙捧著這盆花如何？」

她嘆了口氣。「好吧。我們去抓這個混蛋吧。」

冥界沒有一絲耶誕節氣氛。當我們踏上宮殿前的道路、進到日光蘭之境時，眼前的情景幾乎和我上次造訪時沒兩樣，同樣讓人極度沮喪。黃色草地和矮小的黑色白楊樹永遠都在搖動；亡魂漫無目的地飄過山丘，不知道從什麼而來，也不知道要往哪裡去，他們正喋喋不休地交談著，想要回憶起他們生前是誰。在我們上方，洞穴頂端朦朧地閃爍著光芒。

我帶著康乃馨，這舉動讓我覺得自己很蠢。尼克在前方帶路，因為他的劍可以在一群亡魂當中清出一條路。泰麗雅則大部分時間都在抱怨，她不該和兩個男孩進行尋找任務。

「泊瑟芬看起來是不是有點焦躁不安？」我問。

尼克不斷用冥河劍逼退一群鬼魂，費力地穿過他們。「我在旁邊的時候她總是這樣。她討厭我。」

「那她為什麼要你參加尋找任務？」

「可能是我爸的主意吧。」他的語氣聽起來像是他希望如此，但我不是很確定。

對我來說，黑帝斯沒有親自交代我們這個尋找任務似乎很奇怪。如果這把劍對他這麼重要，為什麼會讓泊瑟芬出面說明？通常黑帝斯喜歡當面威脅混血人。

尼克繼續往前進。不管日光蘭之境有多麼擁擠（如果你看過除夕夜的時代廣場，應該就會明白那是怎麼一回事），鬼魂還是在他面前分開了。

「他對這群殭屍很有辦法，」泰麗雅承認，「我想，下次去逛購物中心時可以帶著他。」

她緊緊抓著自己的弓，像是深怕它又會變成忍冬藤一般。和去年的樣子比起來，她看起來一點也沒有長大，然後我突然想到，她永遠不會老，因為她已經是獵女了。換句話說，我現在要比她還年長。真是怪啊。

「所以，」我說：「不死之身對你有什麼影響？」

她翻了翻白眼。「並不是完全不死啦，波西。你知道的，我們還是可能在戰鬥中死亡，只是……我們不會變老或生病，所以假如沒有怪物把我們切成碎片，我們就可以永遠活下去。」

「那一直是個威脅。」

「一直都是。」她環顧四周，我知道她在一一搜尋死者的臉孔。

「如果你是在找碧安卡的話，」我放低音量，不讓尼克聽見。「她在埃利西翁。她死得很英勇。」

「我知道，」泰麗雅大聲回答，然後突然住嘴。「不是那樣的，波西。我只是……算了。」

一陣寒意向我襲來。我記得泰麗雅的母親幾年前死於一場車禍。她們一向不親近，但泰麗雅沒有機會和她說再見。如果她母親的亡魂在這裡遊蕩的話……難怪她看起來神色緊張。

「對不起，」我說：「我太不用大腦了。」

我們四目交會，而我感覺到她明白了。她的表情放鬆下來。「沒關係，我們先過這關再說。」

我們繼續前進時，又一片康乃馨的花瓣掉了下來。

當花朵把我們導向刑獄時，我真的快樂不起來。我希望我們轉往埃利西翁，這樣就可以遇到漂亮的人們和宴會；可是不行，花朵似乎喜歡冥界最嚴酷、最邪惡的地方。我們跳過一條岩漿河，然後經過一幕幕恐怖的折磨場景。我不會去描述這些景象，因為你會完全失去食慾，但我很希望在自己的耳朵裡塞個棉花球，好隔絕掉這些慘叫，以及一九八〇年代的音樂。

康乃馨指向我們左方的山丘。

「在那上面。」我說。

泰麗雅和尼克停下腳步。因為剛剛穿越刑獄的關係，現在他們身上滿是煤灰。我可能看起來也好不到哪裡去。

一個響亮的摩擦聲從山丘另一邊傳過來，就好像是有人在拖動洗衣機一樣。隨後傳來「砰！砰！砰！」的聲響，山丘因而震動，這時傳來男子的咒罵聲。

泰麗雅看著尼克。「他是我想的那個人嗎？」

「恐怕是，」尼克說：「欺騙死神的頭號專家。」

我還來不及問那是什麼意思，他已經帶我們走上山丘頂端。

山丘另一邊的這個人長得不好看，而且不快樂。他看起來像個山怪娃娃⑩，有著橘色皮膚、圓滾滾的肚子、骨瘦如柴的手腳，腰間還纏著一大塊像尿布的腰帶，髒亂的頭髮像火焰般往上豎起。他不斷地跳來跳去，一邊詛咒、一邊踢著比他大兩倍的圓石頭。

「我不要！」他尖叫，「不，不，不！」他開始用幾種不同的語言連珠炮似地咒罵。如果我有那種你講一句髒話就投進二十五分硬幣的罐子，那我手上應該有五百美元了。

接著他從圓石頭旁邊走開，然而走沒三公尺，又蹣跚地往回走，像是有股看不見的力量在拉他。他搖搖晃晃地走回圓石邊，開始用頭去撞它。

「好！」他尖叫，「好，我詛咒你！」

他摸摸自己的頭，低聲罵出更多髒話。「但這是『最後一次』了。你聽到了沒有？」

尼克看著我們。「來吧，趁他還沒有進行下一次嘗試之前。」

我們匆忙走下山丘。

「薛西弗斯！」尼克叫著。

像山怪的男人驚訝地抬頭看，然後慌張地躲到石頭後面。「喔，

❿山怪娃娃（Troll Doll）是一種有著鮮豔髮色和可愛表情的塑膠娃娃，由丹麥人湯瑪斯．丹（Thomas Dam）於一九四九年所創。

不！你們那些偽裝騙不了我的！我知道你們是復仇女神！」

「我們不是復仇女神，」我說：「我們只是想和你談談。」

「走開！」他尖聲大喊，「帶花來也沒用。現在道歉太遲了。」

「聽著，」泰麗雅說：「我們只是要——」

「啦啦啦……」他大聲說：「我沒在聽！」

我們繞著圓石和他玩起捉人遊戲，最後是由動作最快的泰麗雅抓到這老人的頭髮。

「住手！」他痛哭。「我還得去搬石頭。搬石頭！」

「我來幫你搬！」泰麗雅提議，「你只要閉上嘴，和我朋友談談。」

薛西弗斯不再掙扎。「你……你要幫我搬石頭？」

「總比看著你來得好。」泰麗雅瞥了我一眼。「動作快點。」然後她把薛西弗斯推向我們。她用肩膀抵住石頭，開始緩慢地推上山。

薛西弗斯沉下臉看著我，一副不信任的表情，接著他伸手捏了我的鼻子。

「哎喲！」我說。

「所以你們真的不是復仇女神囉，」他驚訝地說：「那花是做什麼用的？」

「我們在找一個人，」我說：「這朵花可以幫忙我們找到他。」

「泊瑟芬！」他朝地上吐口水。「那是她的追蹤裝置，對吧？」他傾身向前，我聞到一股「永遠在滾石頭的老傢伙」身上才有的不愉悅氣味。「我騙過她一次，你知道吧。我騙過他們全部。」

我看著尼克。「翻譯一下？」

「薛西弗斯欺騙過死神，」尼克解釋，「他先是用鍊子把靈魂的收割者、也就是桑納托斯[11]拴起來，這樣就沒人會死。後來桑納托斯獲得

[11] 桑納托斯（Thanatos），掌管死亡之神，住在冥界，也是地獄之神黑帝斯的助手。

自由、要來殺他的時候，薛西弗斯故意告訴他的太太不正確的葬禮儀式，使他無法得到安息。於是，薛西……我可以稱呼你薛西嗎？」

「不行！」

「薛西就哄騙泊瑟芬讓他重回人間去找他太太算帳，可是他從此一去不回。」

這個老人咯咯笑。「我又活了三十年，直到他們終於找上我。」

泰麗雅這時已經到了半山腰，她咬牙切齒，奮力地用背把石頭頂上山，她的表情在說「快一點」！

「所以那就是你得到的懲罰，」我對薛西弗斯說：「永遠不停地把石頭滾上山。這樣值得嗎？」

「只是暫時的挫敗！」薛西弗斯大叫，「我很快就能從這裡脫困，一旦成功了，他們全都會後悔！」

「你要怎麼從冥界逃出去呢？」尼克問，「它已經被封鎖了，你知道的。」

薛西弗斯露出邪惡的笑容。「這是另一個人問過的問題。」

我的胃一陣緊縮。「有其他人問過你嗎？」

「一個憤怒的年輕人，」薛西弗斯回憶說：「不怎麼有禮貌，還用劍頂著我的喉嚨。根本沒有要幫我推石頭。」

「你跟他說了什麼？」尼克說：「他是誰？」

薛西弗斯按摩著自己的肩膀，抬頭看著已經快到山頂的泰麗雅，她滿臉通紅，全身因為流汗而溼透。

「喔……這很難說，」薛西弗斯說：「以前從來沒見過他，他帶著一件用黑布包起來的長包裹。是滑雪板嗎？或許是吧。還是鐵鏟呢？也許你們可以在這裡等，我去找他……」

「你跟他說了什麼？」我質問。

「記不起來了。」

尼克拔出劍來。冥河劍如此冷冽，在刑獄這樣乾熱的空氣裡依然飄散著水氣。「用力想。」

老人往後退縮。「什麼樣的人會帶這樣的一把劍呢？」

「黑帝斯的兒子，」尼克說：「現在，回答我！」

薛西弗斯的臉色很快變得黯淡。「我告訴他去找梅莉諾伊[12]談談！她總是有辦法出去的。」

尼克把劍放下。我看得出來，梅莉諾伊這個名字讓他很困擾。

「你瘋了嗎？」他說：「那是自殺行為啊！」

老人聳聳肩。「我以前騙過死神。我可以再騙一次。」

「這個混血人長什麼樣子？」

「嗯……他有一個鼻子，」薛西弗斯說：「一個嘴巴。還有一個眼睛，以及……」

「一個眼睛？」我打斷他的話，「他的另一隻眼睛是不是戴眼罩？」

「喔……或許吧。」薛西弗斯說：「他的頭上有頭髮。然後……」他倒抽一口氣，視線越過我的肩膀。「他在那裡！」

我們都上當了。

我們一回頭，薛西弗斯已經一溜煙地跑下山丘。「我自由了！我自由了！我——回來了！」然後就在距離山丘三公尺遠的地方，他碰到了無形束縛的尾端，瞬時整個人往後倒。尼克和我抓著他的手臂，把他拖上山丘。

「詛咒你！」他用古希臘語、拉丁語、英語、法語、還有其他幾種我聽不懂的語言破口大罵。「我永遠不會幫你們！回去找黑帝斯吧！」

「已經去過了。」尼克低聲回答。

⑫梅莉諾伊（Melinoe），希臘神話中的亡魂女神，是天神宙斯和冥后泊瑟芬的女兒。她每天晚上和一群鬼魂徘徊在地球上，驚嚇路過的人，這也是為什麼狗在無事的夜晚會吠叫的原因。

「滾下去囉！」泰麗雅大喊。

我抬頭一看，或許也說了幾句詛咒的話。巨石正一路彈跳著往我們這邊滾過來。尼克往旁邊一跳，我跳到另一邊，薛西弗斯則大喊：「不——！」然後就撞上他了。他想辦法奮力一抱，在石頭壓過它之前讓它停住。我想，他已經熟能生巧了。

「再把它拿走吧。」他哀求著，「拜託，我撐不住了。」

「我不幹，」泰麗雅喘著氣說：「你得靠自己了。」

他用更多生動的語言招呼我們。很明顯地，他不會幫我們了，所以就讓他繼續接受懲罰。

「梅莉諾伊的洞穴要往這邊走。」尼克說。

「如果這個竊賊真的只有一隻眼睛，」我說：「那他很可能是涅梅西絲的兒子中村伊森。他曾經釋放了克羅諾斯。」

「我記得，」尼克神情陰鬱地說：「但如果我們要對付的是梅莉諾伊，那她會是更大的問題。走吧。」

就在我們要離開時，聽到薛西弗斯在大吼大叫。「好吧，不過這是最後一次。聽到了嗎？最後一次！」

泰麗雅在發抖。

「你還好嗎？」我問她。

「我猜……」她遲疑著，「波西，可怕的地方在於當我到達山頂，我想我辦到了。我想，這沒有很難嘛，我可以讓石頭停在那裡。而石頭滾下來的時候，我幾乎忍不住要再試一次。我想，我第二次也可以成功。」

她惆悵地回頭看。

「走吧，」我告訴她，「我們愈快離開這裡愈好。」

我們幾乎走了一輩子那麼久。又有三片花瓣枯萎了，康乃馨幾乎呈現半死狀態。花朵指向一排崎嶇不平、看起來像牙齒的灰色山丘。我們拖著沉重腳步，越過一大片火山岩，往那個方向走去。

「真是散步的好天氣啊，」泰麗雅低聲抱怨，「這時候獵人大概在森林空地裡吃大餐吧。」

我很好奇我家人現在正在做什麼。我沒有從學校回家，媽媽和繼父保羅一定會很擔心，但這情形又不是第一次發生。他們一定很快就會想到，我是在進行尋找任務。我媽一定在客廳裡來回踱步，想知道我是否來得及回去拆禮物。

「所以，這個梅莉諾伊是誰？」我問，試著不讓自己想家。

「說來話長，」尼克說：「又長、又可怕的故事。」

我正要問那是什麼意思的時候，泰麗雅迅速蹲下來。「武器！」

我抽出波濤劍，另一隻手捧著康乃馨盆栽，我很確信這樣看起來一定很嚇人，於是我把盆栽放下。尼克也抽出他的劍。

我們背靠背站著。泰麗雅的箭已經上弦。

「那是什麼？」我低聲問。

她似乎豎起耳朵在聽。然後她睜大了眼睛。十幾個幽靈突然在我們面前現形，把我們團團圍住。

它們的樣子半是女人、半是蝙蝠，毛茸茸的臉上長著獅子鼻，嘴裡有尖牙，眼珠凸出。身上不是有糾結的灰色毛髮，就是蓋滿了一片片盔甲。它們的手臂乾癟，手上有爪子，背上長著有羽毛的翅膀，雙腿短肥而彎曲。要不是它們眼露凶光，你看了可能會覺得很好笑。

「凱瑞斯⓭。」尼克說。

「什麼？」我問。

⓭凱瑞斯（Keres），希臘神話中的女性死神，是黑夜女神妮克斯（Nyx）的女兒。她們會盤旋在戰場上方，搜尋是否有將死或受傷的人，然後吸食他們的血液、帶回冥界。

「戰場上的幽靈，它們靠著吃慘死的亡魂維生。」

「喔，太棒了！」泰麗雅說。

「退後！」尼克命令這些幽靈。「黑帝斯之子命令你們！」

凱瑞斯發出噓聲。它們的嘴裡吐著泡泡，惶恐地看著我們的武器，但我感覺得到，它們並不想理會尼克的命令。

「很快地，黑帝斯就會被擊敗，」其中一個凱瑞斯咆哮說：「我們的新主人會放我們自由。」

尼克眨眨眼睛。「新主人？」

帶頭的幽靈撲向前來，尼克措手不及，眼看要被砍成碎片，還好泰麗雅射出一箭，正中它醜陋的蝙蝠臉，於是這個生物灰飛煙滅。

其他的凱瑞斯開始攻擊我們。泰麗雅放下弓，抽出她的刀。我低頭一閃，尼克的劍咻地劃過我頭頂上方，將一個幽靈砍成兩半。我又劈又刺，三、四個凱瑞斯在我身邊爆炸，但更多的凱瑞斯蜂擁而上。

「伊阿珀特斯⑭會摧毀你們！」一個凱瑞斯大喊。

「誰？」我問。然後我用劍砍過它的身體。給自己的提醒：如果你讓怪物消散不見，他們就沒辦法回答你的問題。

尼克也揮劍一圈，砍了好幾個凱瑞斯。他的黑劍像吸塵器般吸收了它們的精華，他摧毀愈多凱瑞斯，周遭的空氣就變得更冷冽。泰麗雅輕拍一個幽靈的背，然後一刀刺了它，接著在沒有轉身的情況下，又用另一把刀刺穿第二個。

「痛苦地死去吧，凡人！」我還來不及舉劍防衛，一個幽靈的爪子擦過我的肩膀；如果我有穿盔甲就沒問題，但是我身上還穿著學校制服，這傢伙的爪劃破我的襯衫，刺進我的皮膚，我身體的左半邊痛得

⑭伊阿珀特斯（Iapetus），泰坦巨神之一，是天空之父烏拉諾斯（Uranus）與大地之母蓋婭（Gaea）的兒子。

像是要爆炸。

尼克一腳踢開怪物，然後刺死它。我能做的就是跌倒在地、縮成一團，努力忍過這恐怖的灼熱感。

戰鬥的聲音停止了。泰麗雅和尼克衝到我身邊。

「撐住，波西，」泰麗雅說：「你會沒事的。」然而她顫抖的聲音告訴我，傷口很嚴重。尼克摸了一下，我痛得大叫。

「神飲，」他說：「我倒些神飲在上面。」

他打開一瓶神飲，讓它汩汩流過我的肩膀。這很危險，大部分混血人只要喝一口這東西就到極限，不過，我的傷口很快就不痛了。尼克和泰麗雅一起處理我的傷口，這期間我只昏倒過幾次。

我無法判斷已經過了多少時間，接下來記得的是，我靠在一塊岩石上，肩膀纏了繃帶，泰麗雅正在餵我吃巧克力口味的神食。

「凱瑞斯呢？」我喃喃問道。

「都走了，」她說：「你讓我小小地擔心了一下，波西，但我想你撐過去了。」

尼克蹲在我旁邊，手上拿著康乃馨盆栽，花朵只剩下五片花瓣。

「凱瑞斯還會再回來，」他警告，一臉憂心地看著我的肩膀。「那個傷口……凱瑞斯是疾病、瘟疫和暴力的幽靈，我們可以減緩感染，但之後你還是得接受真正的治療。我是指神的力量，不然……」

他沒有把話說完。

「我會沒事的。」我試著坐正，卻立刻感到一陣噁心。

「慢一點，」泰麗雅說：「你需要好好休息，先不要亂動。」

「沒時間了，」我看著康乃馨。「其中有個幽靈提到伊阿珀特斯。我沒記錯的話，他是泰坦巨神吧？」

泰麗雅不安地點了點頭。「他是克羅諾斯的兄弟、阿特拉斯的父親，以西方泰坦巨神著稱，名字的意思是『穿刺者』，因為他喜歡用這種方式對待敵人。他和他的兄弟一起被關進塔耳塔洛斯，我想他應該還在下面。」

「但如果黑帝斯的劍可以喚醒死亡呢？」我問。

「那麼或許，」尼克說：「也可以召喚那些被詛咒的人離開塔耳塔洛斯。我們必須阻止這件事。」

「我們還不知道誰會去做這件事。」泰麗雅說。

「為克羅諾斯效力的混血人，」我說：「或許是中村伊森。他已經開始招募一些黑帝斯的部屬來投靠，比如說凱瑞斯。幽靈一定是想，如果克羅諾斯贏得戰爭，它們就可以更混亂、更邪惡。」

「它們或許沒錯，」尼克說：「我父親試著要維持平衡，他制止了一些比較暴力的幽靈。如果克羅諾斯指派他的兄弟登上冥界王座……」

「像是這位伊阿珀特斯老兄。」我說。

「……那麼冥界的情況會變得很糟，」尼克說：「凱瑞斯會很願意看到這樣的結果。梅莉諾伊也是。」

「你還沒告訴我們誰是梅莉諾伊。」

尼克咬咬嘴唇。「她是亡魂女神，我父親的僕人之一，負責監視在地面活動、焦躁不安的死者。每個晚上，她會從冥界上去嚇凡人。」

「她自己有通往上面世界的通道嗎？」

尼克點點頭。「我想通道並沒有被封鎖。通常，沒有人會想要踏進她的洞穴，但如果這個混血人竊賊膽子大到敢和她交易……」

「他就可以回到上面的世界，」泰麗雅補充說：「並把劍帶給克羅諾斯。」

「而克羅諾斯會用它來幫助自己的兄弟離開塔耳塔洛斯，」我猜，「到時候我們的麻煩就大了。」

我掙扎著要站起來。一陣噁心讓我幾乎暈了過去，還好泰麗雅抓住我。

「波西，」她說：「你的狀況不太好……」

「我必須好起來。」我看到康乃馨的另一片花瓣枯萎、掉落。還剩四片就到末日了。「把盆栽給我。我們必須找到梅莉諾伊的洞穴。」

我們往前走，我試著去想一些正面的事：我最喜歡的籃球選手、上一次和安娜貝斯聊天的內容、我媽準備的耶誕節大餐……，只要不讓我想到痛苦的事情都行。然而，我還是感覺到好像有頭劍齒虎在啃咬我的肩膀。接下來要是有打鬥，我一定不太行，這時我開始詛咒自己，為什麼當時沒有防備。我不應該受傷的。這下可好，在接下來的任務當中，泰麗雅和尼克都必須帶著我這個沒用的拖油瓶。

我完全沉溺在懊悔的心情之中，完全沒有注意到怒吼的河水聲，直到尼克說：「喔——喔！」

在我們前方約十五公尺的地方，一條黑色河流因流經火山岩的溝釁而劇烈翻騰；我以前看過冥河，但這看起來不像是同一條河流，它又窄又急，河水黑得像墨水，連河水翻騰之後產生的泡沫都是黑的。河寬雖然不到十公尺，不過要跳到對岸還是太遠了，旁邊也沒有橋。

「勒特河！」尼克用古希臘語咒罵，「我們永遠也過不了這條河。」

花朵指向河的另一邊，那是一座陰暗的山頭，山上有條路徑通往洞穴。在山的後面，冥界的城牆像是深色花崗岩的天空般忽隱忽現。我從沒想過冥界會有盡頭，但顯然那就是了。

「一定有辦法過去。」我說。

泰麗雅跪在河岸邊。

「小心！」尼克說：「這是遺忘之河。你只要沾到一滴河水，就會忘記自己是誰。」

泰麗雅回頭看。「我知道這個地方，路克跟我提過一次，如果靈魂選擇重生，就會來這裡，這樣他們就會完全忘記前生。」

尼克點點頭。「你只要游進河裡，腦袋裡的東西就會一掃而空，變得像新生寶寶一樣。」

泰麗雅研究著對岸。「我可以射支箭到對岸，然後把繩子綁到這邊的一顆石頭上。」

「你覺得沒有綁死的繩子能負荷得了你的體重嗎？」尼克問。

泰麗雅皺起眉頭。「你說得沒錯。在電影裡是做得到，可是……不行。你可以召喚一些死者來幫我們嗎？」

「可以，但他們只會出現在河的這邊；流水對死者來說就像屏障，他們跨不過去。」

我抽搐了一下。「這是什麼蠢規矩啊？」

「嘿，又不是我訂的規矩。」他看著我的臉。「波西，你的氣色看起來很差耶，你應該坐下來。」

「我不能坐下。你在這件事情上需要我。」

「哪件事？」泰麗雅問，「你幾乎站不住了。」

「這是水，不是嗎？我必須控制它。或許我可以把河水導向別的地方，時間夠長的話，我們就可以過河。」

「依你現在的狀況？」尼克說：「不可能。用弓箭的點子還比較讓我安心點。」

我搖搖晃晃地走到河邊。

我自己也沒有把握。我是波塞頓的孩子，所以控制海水沒問題。一般河水的話……或許吧，如果河精靈願意合作的話。至於魔幻冥界的河流？我就不知道了。

「退後！」我說。

我把注意力集中在快速流經的洶湧黑水上，把它想像成我身體的一部分。我可以控制水流，讓它根據我的意志反應。

我不是很確定，不過我想河水翻騰得更厲害、冒出的泡泡也更多了，就好像它能感受到我的存在一樣。我知道我不能截斷水流，這樣水位會升高，淹沒整個溪谷，而且只要我放手，河水會潑得我們全身都是。但其實還有另外的辦法。

「豁出去了。」我低聲說。

我舉起手臂，好像要把什麼東西舉過頭一樣。受傷的肩膀像熔漿一般炙熱，但我試著不去想它。

水面上升了。洶湧的河水漫過河岸，以巨大的拱形往上流過，然後再往下，就像一個六公尺高、由洶湧黑水構成的水流彩虹。我們前面的河床變成半乾的泥巴地，河水下方有條隧道，寬度足夠讓兩個人並肩通過。

泰麗雅和尼克驚訝地看著我。

「快走！」我說：「我撐不了太久。」

我眼前有黃色光點在跳舞，受傷的肩膀痛得幾乎要尖叫。泰麗雅和尼克匆忙走下河床，一路走過泥濘的泥巴地。

「一滴都不行。我不能讓任何一滴河水碰到他們。」勒特河在和我對抗。它不想被迫離開河岸，它想潑濺在我朋友身上，把他們腦袋裡的東西清光，然後想淹死他們。但我撐住了水彩虹。

泰麗雅爬上對岸，轉頭協助尼克。

「快點，波西！」她說：「走過來！」

我的膝蓋在發抖，手臂抖個不停。我往前跨一步，幾乎要跌倒。拱形河流也顫動著。

「我辦不到。」我大喊。

「你可以的！」泰麗雅說：「我們需要你！」

於是我設法爬下河床，然後一步、兩步慢慢往前走。頭頂上的河水洶湧翻騰。我的靴子踩進泥巴裡，發出嘎吱的聲響。

走到一半，我絆倒了，耳邊只聽到泰麗雅尖叫：「不！」我的注意力頓時渙散。

就在勒特河砰地砸在我身上的時候，情急之下我只有最後一個想法；乾！

我聽到一陣喧嘩，感覺到大量河水的衝擊，勒特河已經回到它原本的河道。但是……

我張開眼睛，發現自己被一團黑暗包圍，身體卻完全乾燥。有一層空氣像第二層皮膚般罩著我，保護我不受河水影響。我掙扎著站起來。即使只是想要保持乾燥（這件事我在一般水域裡已經做過太多次了），但我幾乎承受不住。在看不見且痛苦加倍的情況下，我奮力穿過黑色水流。

當我爬出勒特河，泰麗雅和尼克都嚇壞了，往後跳了快兩公尺。

我跌跌撞撞地走向前，倒在我朋友面前，全身冰冷地暈了過去。

神飲的味道讓我回神過來。我的肩膀感覺好一點了，不過耳朵裡有不舒服的嗡嗡聲。我的眼睛感覺很熱，像是發燒一樣。

「我們不能再用神飲冒險了，」泰麗雅說：「他會化成火焰的。」

「波西，」尼克說：「你聽得見嗎？」

「火焰，」我低聲說：「知道了。」

我慢慢坐起來。我的肩膀重新包紮了，還是感覺到疼痛，但已經可以站立。

「我們快到了，」尼克說：「你能走嗎？」

我們前方的山頭忽隱忽現，有條蜿蜒的灰色小徑通往幾十公尺外的洞穴口。小徑兩旁排列著人骨，想必這是讓人感覺舒適的原因。

「我準備好了。」我說。

「我不喜歡這樣。」泰麗雅低聲說。她抱著正指向洞穴的康乃馨，現在花瓣只剩兩片，像是非常憂傷的兔耳朵。

「令人毛骨悚然的洞穴，」我說：「亡魂女神。怎麼會不喜歡呢？」

一陣嘶嘶的回聲從山上傳下來，彷彿在回應我一樣。白色的霧從洞穴裡翻湧而出，就好像有人打開了乾冰機。

濃霧中出現了一個影像，是一個有著凌亂金髮的高大女人。她穿著粉紅色浴袍，手裡拿著酒杯，臉上露出嚴肅與不以為然的表情。我可以看穿她，所以我知道她是某種幽靈，但她的聲音聽起來實在有夠真實。

「你可回來了，」她咆哮著，「不過已經太遲了！」

我看著尼克，低聲問：「梅莉諾伊？」

尼克沒有回答。他站著不動，一直看著幽靈。

泰麗雅把弓放下。「母親？」她的眼裡充滿眼淚。突然間，她看起來好像只有七歲。

這個幽靈丟掉酒杯，碎裂之後消散成一團煙霧。「沒錯，女孩，我注定要在世間遊蕩，而這都是你的錯！我死的時候你在哪裡？我需要你的時候為什麼逃走了？」

「我……我……」

「泰麗雅，」我說：「那只是幽靈，它傷不了你的。」

「我不只是幽靈，」幽靈咆哮，「泰麗雅知道的。」

「但……你遺棄了我。」泰麗雅說。

「你這個無恥女孩，妄恩負義的逃家女！」

「住手！」尼克抽出劍之後往前跨一步，幽靈卻改變形體，轉而面對他。

這個鬼魂更難看清楚了。她穿著老式的天鵝絨黑色洋裝和帽子，脖子上掛著一串珍珠，手戴白色手套，黑色的頭髮綁在後面。

尼克走到一半停住。「不……」

「我的兒子啊，」鬼魂說：「我死的時候你還很小。我在世間悲傷地徘徊，想知道你和你姊姊過得如何？」

「媽媽？」

「不對，那才是我媽媽。」泰麗雅低聲說，好像她看到的仍然是第一個影像。

我的朋友們全變得徬徨無助。他們腳邊的霧開始變濃，像葡萄藤一樣纏繞在他們的腿上。他們衣服和臉龐的顏色漸漸變淡，彷彿他們也快要變成鬼魂了。

「夠了。」我說，但聲音幾乎出不來。我不顧身上的痛，舉起劍走向鬼魂。「你不是誰的媽媽！」

鬼魂轉向我。影像一陣閃爍之後，我看到了亡魂女神的真正形體。你應該會認為，我在經過之前那些事情之後就不會再害怕希臘惡鬼的外表，但梅莉諾伊還是讓我當場嚇到。她的右半邊一片慘白，好像血都已經流光；左半邊則又黑又硬，就像木乃伊的皮膚。她身穿金

宙斯

別稱

天空之王

奧林帕斯山統治者

三大神之一

出生地

奧林帕斯山

（目前位在帝國大廈第六百層樓）

武器

閃電火

主宰整個天空，包括雷電風雨等氣象，
是天界與人界的統治者，常秉公處理神界的糾紛。

波塞頓

別稱

海神

三大神之一

波西的爸爸

出生地

深海

武器

三叉戟

與宙斯和黑帝斯是兄弟，掌管整個海域，個性如大海，時而深沉平靜、時而狂暴易怒。

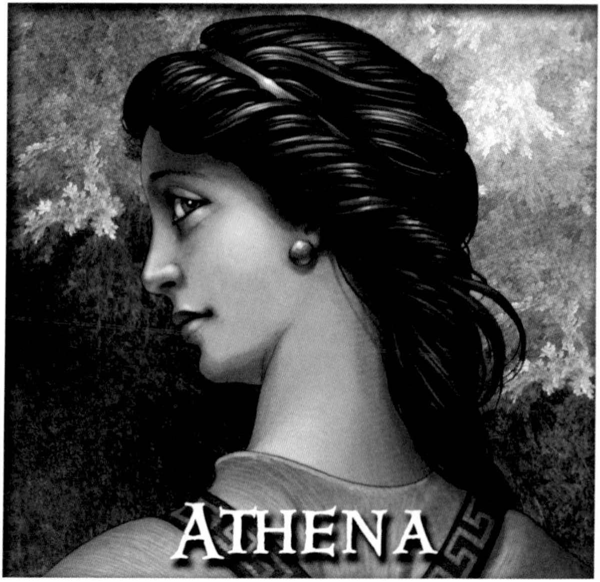

雅典娜

別稱

智慧與戰技的女神

安娜貝斯的媽媽

出生地

宙斯的頭

（她穿著全副戰鬥盔甲從這裡蹦出來）

武器

策略、欺騙以及任何唾手可得的東西

亦爲農業與園藝、法律和秩序的保護神，代表智慧、理性與純潔。
是宙斯最寵愛的孩子。

阿瑞斯

別稱

戰神

克蕾莎的爸爸

出生地

奧林帕斯山

（雖然他的汽車保險桿貼紙寫著：
「我不是在斯巴達誕生，但很快就能到達那裡。」）

武器

說得出名字的都是

掌管所有戰爭相關事，是野蠻與屠殺的代表。
武藝高強，但個性粗暴，在天神界不太受歡迎。

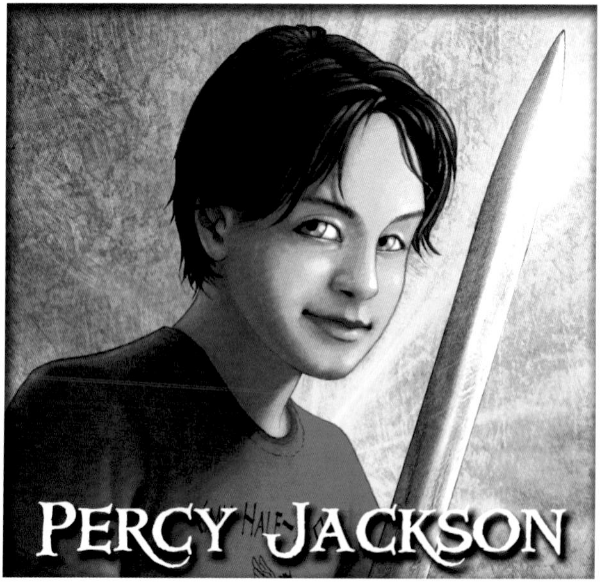

波西・傑克森

別稱

波塞頓的混血人兒子

海藻腦袋

出生地

紐約州紐約市

武器

波濤劍

個性衝動急躁卻勇敢、重情義，有閱讀障礙及注意力不足過動症。
因為是海神之子，總會吸引怪物來襲擊，
從小到大怪事與危險不斷。

安娜貝斯・雀斯

別稱

雅典娜的混血人女兒

聰明女孩

出生地

加州舊金山

武器

具隱形魔法的洋基棒球帽

以及天界的銅刀

聰明、功課好，喜歡閱讀歷史與地理資訊，善於計畫與運用智慧。
願望是成爲偉大的建築師。

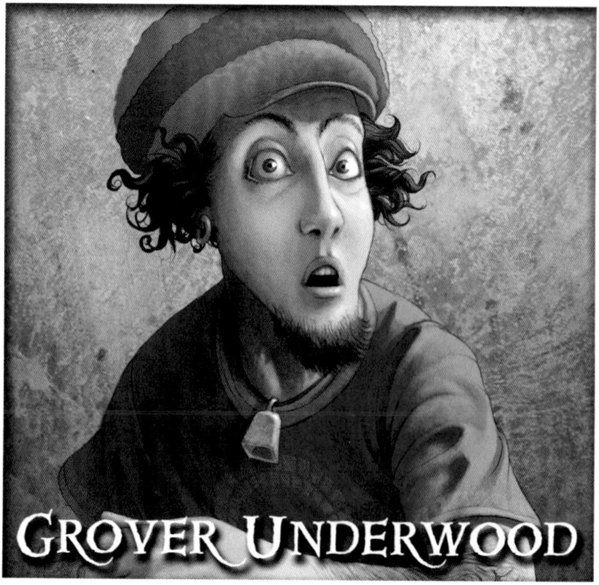

格羅佛・安德伍德

別稱

羊男

波西最好的朋友

出生地

混血營的森林

武器

蘆笛

個性看似膽小懦弱，但常在意外時刻挺身而出，是波西最佳的守護者。
最大夢想是找到羊男的首領。

奇戎

別稱

布魯納先生

英雄的不死教練

混血營的營區活動主任

出生地

紐約市長島的混血營

武器

弓和箭

波西最尊敬的老師，個性溫和、愛好和平、
充滿智慧且擅長醫術。

色洋裝，披著金色圍巾。她的眼睛是兩個黑色窟窿，我往裡面看的時候，就好像看到了自己死了的狀態。

「和你有關的鬼魂在哪裡？」她憤怒地責問。

「我的……我不知道。我沒有。」

她咆哮說：「每個人都有認識的鬼魂，也就是那些你感到悔恨、罪惡、恐懼的死者。為什麼我看不到你的？」

泰麗雅和尼克仍在出神，一直看著女神，就好像她是他們消失已久的母親。我想到那些我曾目睹他們死亡過程的朋友，舉幾個來說，有碧安卡、柔伊．奈施德、李．佛雷秋等。

「我和他們和好了，」我說：「他們已經過世，但他們不是鬼魂。現在，放我朋友走！」

我揮劍向梅莉諾伊砍去。她迅速往後一閃，因焦躁而怒吼著。我朋友身邊的霧開始消散，他們站在那兒，對著女神眨眼睛，彷彿這才看出她有多麼醜陋可怕。

「那是什麼？」泰麗雅說：「我們在……」

「這是騙人的把戲，」尼克說：「她愚弄了我們。」

「你們來不及了，混血人，」梅莉諾伊說。另一片康乃馨的花瓣掉了下來，只剩下最後一片。「交易已經完成。」

「什麼交易？」我質問。

梅莉諾伊發出嘶嘶聲，我才知道那是她的笑聲。「好多鬼魂啊，年輕的混血人。他們全都渴望被釋放。一旦克羅諾斯統治了世界，我就可以不分晝夜地在凡人之間自由走動，散播恐怖給他們，那是他們應得的。」

「黑帝斯之劍在哪裡？」我質問，「伊森在哪裡？」

「在附近，」梅莉諾伊回答，「我不會阻止你們的。我也不需要那麼做。波西．傑克森，你很快就會有很多認識的鬼魂了，到時候你就會想起我。」

泰麗雅搭箭上弓，瞄準了女神。「你如果打開通往上面世界的道路，真的以為克羅諾斯會獎賞你嗎？他會把你和黑帝斯的其他僕人一起丟進塔耳塔洛斯。」

梅莉諾伊笑了。「你媽媽說得沒錯，泰麗雅，你是個憤怒的女孩。很會逃跑，不過也只會這樣。」

箭飛射出去，但一碰到梅莉諾伊，她立刻消散成一團煙霧，只留下嘶嘶的笑聲。泰麗雅的箭射中石頭，石頭應聲碎裂。

「笨蛋鬼魂。」她低聲罵道。

看得出來她真的受到影響。她的眼睛紅了一圈，雙手還在顫抖。尼克看起來很震驚，就像有人往他的臉中央打了一拳。

「竊賊……」他勉強說出話，「可能在洞穴裡。我們必須阻止他，免得……」

就在這時候，最後一片康乃馨花瓣掉了下來。整株花轉為黑色，而且枯萎。

「來不及了。」我說。

一個男子的笑聲從山上傳下來。

「你說得沒錯。」那個聲音轟然作響。洞穴口站了兩個人：一個戴眼罩的男孩，身高三公尺，穿著破爛監獄連身服。我認得那個男孩：中村伊森，涅梅西絲的兒子。他手上拿著還未完成的劍，一把由冥界黑鐵打造、有著雙面刃的劍，上頭有骷髏造型的銀色蝕刻。它還沒有柄，然而在劍身底部有一把金色鑰匙，和我在泊瑟芬的影像中看到的一模一樣。

他身旁的巨人有著純銀的眼睛，臉上布滿參差不齊的鬍子，灰色頭髮狂亂地往上翹。他穿著破爛的監獄服，看起來瘦弱又憔悴，像是待在地窖底下幾千年了。然而即使是這樣虛弱的狀態，他看起來還是很嚇人。他舉起手來，一支巨大的長槍出現了。我記得泰麗雅對伊阿珀特斯有過這樣的描述：「他的名字代表『穿刺者』，因為這是他喜歡對待敵人的方式。」

這位泰坦巨神露出殘酷的笑容。「現在，我要毀掉你們。」

「主人！」伊森插話。他身穿戰鬥服，肩上掛著背包。他的眼罩歪掉了，臉上因煙灰和汗漬而顯得很髒。「我們拿到劍了，應該……」

「是，是，」泰坦巨神不耐地說：「你做得很好，宜勝。」

「是伊森，主人。」

「隨便啦。我確定我的兄弟克羅諾斯會獎賞你的。不過現在是我們的殺戮時間。」

「我的主人，」伊森很堅持。「你的力量還沒有完全恢復。我們應該上去，在上面的世界召喚你的兄弟。我們的指令是要逃離這裡。」

泰坦巨神突然轉向他。「逃離？你剛說『逃離？』」

地面轟隆作響。伊森跌坐在地，慌忙往後退，那把未完成的黑帝斯之劍哐啷一聲撞到石頭。「主——主人，拜託——」

「伊阿珀特斯不逃離！我等了三個萬古那麼久，就是為了從地窖底下被召喚上來。我要復仇，我要先殺了這些軟弱的人！」

他一邊把長槍瞄準我，一邊往前衝。

如果他的力氣全部恢復，無疑地他會在我的身體中央刺出一個大洞。即使身體虛弱且剛從地窖脫身，這傢伙的速度還是很快。他像一陣龍捲風，快到我幾乎沒時間躲開。在千鈞一髮的時刻，我閃開了，他的長槍刺進了我剛剛站立的石頭裡。

我感到一陣暈眩，幾乎握不住劍。伊阿珀特斯用力從地上拔起長槍，但就在他要轉身面對我的時候，泰麗雅的箭已經射中他，從肩膀到膝蓋插滿了他的側身。他發出怒吼，轉身面向她，臉上的表情與其說是受傷，更像是憤怒。中村伊森想要拔出自己的劍，不過尼克大喊：「想都別想！」

伊森面前的地面突然爆開，三個穿著盔甲的骷髏從裡面爬出來，開始和他打鬥，逼得他往後退。黑帝斯之劍仍然躺在石頭上。如果我拿得到的話……

伊阿珀特斯用長槍一揮，泰麗雅跳了開來。她把弓放下，抽出自己的刀，但她在近身戰鬥中撐不了太久的。

尼克把伊森留給骷髏，然後衝向伊阿珀特斯。我已經站在他的前方，雖然肩膀痛得像要爆炸，我還是衝向了泰坦巨神，波濤劍往下一刺，劍身穿過泰坦巨神的小腿。

「**啊啊啊啊！**」金色靈液從傷口噴出來。伊阿珀特斯突然轉身，他的長槍柄掃到我，讓我飛了出去。

我摔在石頭上，就在勒特河的岸邊。

「你先死！」伊阿珀特斯跛著腳、大吼著衝向我。泰麗雅想用她刀子的電弧攻擊他，以吸引對方的注意，不過效果可能只像蚊子叮咬。尼克用劍刺他，但伊阿珀特斯連看都沒看就把他掃到一邊。「我要把你們全殺光！然後再把你們的靈魂丟進塔耳塔洛斯的無盡黑暗裡。」

我眼冒金星，幾乎動不了，再幾公分就會一頭栽進勒特河裡了。

河流。

我吞了吞口水，希望自己還能發出聲音。「你……你比你兒子還醜陋，」我辱罵泰坦巨神。「看得出來阿特拉斯的愚蠢是遺傳到誰。」

伊阿珀特斯大聲咆哮。他一跛一跛地走向前，舉起他的長槍。

我不知道自己是否還有力氣，但我必須試試看。伊阿珀特斯的長槍往下刺的時候，我立刻倒向一邊。長槍的柄埋入我身旁的地面。我趁他受了傷又失去平衡時，伸手抓住他的衣服領口。他想重新站好，可是我用全身的重量把他往前拉。他一個踉蹌，跌倒了，驚慌之餘抓住我的手，我們一起栽進勒特河裡。

轟隆！我全身浸在黑色河水裡。

我向波塞頓祈禱，希望保護功能還在。等我沉到河底，我注意到自己全身還是乾的，也還記得自己的名字，而我的手仍抓著泰坦巨神的衣服領口。

水流原本應該把他從我手上衝開的，但不知怎麼了，河水竟繞過我，放過了我們兩人。

靠著最後一絲力氣，我爬上了河岸，然後用完好的那隻手把伊阿珀特斯拖上來。我們跌坐在河岸邊，我一身乾爽，泰坦巨神卻全身溼透。他的純銀眼睛睜得和月亮一樣大。

泰麗雅和尼克站在我們前方，驚訝不已。在上面的洞穴前方，中村伊森剛砍倒最後一個骷髏，他一個轉身，看到自己的泰坦盟友四肢張開地躺在地上，頓時愣住。

「我……我的主人？」他喊。

伊阿珀特斯坐起來，看著他。然後他看著我，露出微笑。

「哈囉，」他說：「我是誰？」

「你是我的朋友，」我脫口而出，「你是……鮑伯。」

這似乎讓他非常高興。「我是你的朋友鮑伯！」

伊森明顯察覺到事情的發展並不如自己想像的順利，他瞥了一眼地上的黑帝斯之劍，正想要撲向它時，一支銀箭立刻出現在他腳前的地上。

「今天不行，孩子，」泰麗雅警告，「再往前走一步，我就把你的腳釘在石頭上。」

伊森立刻逃跑，直直地往梅莉諾伊的洞穴跑去。泰麗雅瞄準了他的背，但我說：「不，放他走吧。」

她皺起眉頭，不過還是把弓放下。

我不確定自己為什麼要放過他，猜想是因為今天我們已經打鬥得夠多了，而且我其實為這個孩子感到難過。當他向克羅諾斯回報時，就可有他的罪受了。

尼克恭敬地拾起黑帝斯之劍。「我們辦到了，我們真的辦到了。」

「我們？」伊阿珀特斯問，「我有幫上忙嗎？」

我試著擠出笑容。「有啊，鮑伯。你幫了很大的忙哩。」

我們火速趕回黑帝斯的宮殿。尼克先傳了話，感謝那些他從地底召喚出來的鬼魂，然後在幾分鐘之內，三位復仇女神就現身來帶我們回去。她們對於也要把鮑伯這位泰坦巨神拖回去並不太開心，但我實在不忍心留下他，尤其是在他注意到我肩膀的傷口之後說了一聲「喔伊」，並用手一摸就讓它痊癒了。

無論如何，直到我們抵達了黑帝斯的正殿之前，我的感覺都還不賴。冥界之王坐在他的骨頭王座上，一邊怒視著我們，一邊撫摩著他的黑色鬍子，像是在思考要怎樣折磨我們比較好。泊瑟芬坐在他旁邊不發一語，這時尼克開始說明我們的冒險。

在我們歸還劍之前，我堅持要黑帝斯必須發誓不會用它來對抗天神們。他的眼睛發著光，好像要把我燒成灰一般，但最後還是緊咬著牙答應了。

尼克把劍放在他父親跟前，然後鞠躬，等待回應。

黑帝斯看著他的妻子。「你違抗了我親自下達的命令。」

我不確定他在說什麼，但即使在他那令人畏縮的眼神注視下，泊瑟芬依然沒有反應。

黑帝斯轉向尼克，目光稍稍軟化了一些，像是從鋼變成了石頭。「你不能對任何人提起這件事。」

「是的，大王。」尼克回應。

大神怒目看向我。「如果你的朋友口風不緊，我會把他們的舌頭割下來。」

「謝謝你喔。」我說。

黑帝斯盯著那把劍看，眼裡充滿了憤怒，還有別的東西，有點像是渴望。他手指一彈，復仇女神從王位頂端飛了下來。

「把劍送回鐵工廠，」他告訴她們，「監視工匠，一直到完成為止，然後再把它送回來給我。」

復仇女神帶著武器盤旋飛上天，而我開始好奇，自己多快就會對這一天感到後悔。有太多方法可以避開誓言了，我想黑帝斯一定能想到一個。

「您很睿智，大王。」泊瑟芬說。

「如果我睿智，」他咆哮，「就會把你鎖在房間裡。如果你敢再違背我的話……」

他威脅的話說到一半，然後手指一彈，消失在一團黑暗之中。

泊瑟芬的臉色比平常更蒼白了。她花了一點時間順順衣服，然後面對我們。「你們做得很好，混血人。」她手一揮，三株紅色玫瑰花出現在我們腳邊。「咬碎它，就能把你們送回活人的世界。你們得到了我大王的感謝。」

「看得出來。」泰麗雅低聲說。

「造劍是你的主意，」我終於了解。「這就是為什麼你指派任務給我們時，黑帝斯並不在場。黑帝斯不知道劍不見了，甚至不知道它的存在。」

「胡扯！」女神說。

尼克握緊拳頭。「波西說得沒錯。你希望黑帝斯打造新的劍，但他告訴你不行，他知道那太危險了。其他天神永遠不會再相信他，那會破壞力量的平衡。」

「然後劍被偷了，」泰麗雅說：「是你封鎖了冥界，而不是黑帝斯。你不能告訴他發生了什麼事，所以在黑帝斯發現之前，你需要我們把劍找回來。你利用了我們。」

泊瑟芬抿了一下嘴脣。「重要的是，現在黑帝斯接受這把劍了。他要讓這把劍完成，這樣我的丈夫就會和宙斯與波塞頓一樣有力量。我們的領域會得到保護，不讓克羅諾斯……或其他想要威脅我們的力量入侵。」

「而我們得為這件事情負責。」我悲慘地說。

「你們真的幫了大忙，」泊瑟芬同意，「你們的緘默或許可以得到獎賞……」

「快消失吧，」我說：「不然我會把你拖到勒特河邊，丟進河裡。鮑伯會助我一臂之力的，對吧，鮑伯？」

「鮑伯會幫你。」伊阿珀特斯興奮地說。

泊瑟芬睜大了眼睛，消失在一片雛菊之中。

尼克、泰麗雅和我在俯瞰日光蘭之境的露台上告別。泰坦巨神鮑伯坐在室內，正用骨頭在蓋玩具房子，每次房子倒塌就哈哈大笑。

「我會看著他，」尼克說：「他現在沒有傷害性了。或許……我不知道，或許我們可以重新訓練他，讓他做些好事。」

「你確定要待在這裡？」我問，「泊瑟芬不會讓你的日子好過的。」

「我非得這樣不可，」他堅持，「我得待在我爸身邊，他需要好一點的意見提供者。」

這點我無法反駁。「嗯，如果你需要任何……」

「我會打電話的。」他答應。他跟泰麗雅和我一一握手，然後轉身離開，但走沒幾步又回頭看著我。「波西，你沒忘記我的提議吧？」

我的背脊一陣寒顫。「我還在想。」

尼克點點頭。「那麼就等你準備好囉。」

等他離開之後，泰麗雅問：「什麼提議？」

「他去年夏天跟我提過的事，」我說：「就是對抗克羅諾斯的可能辦法。那很危險。我今天的危險已經夠多了。」

泰麗雅點頭。「這樣的話，你還要吃晚餐嗎？」

我忍不住微笑。「經歷過這些事情之後，你還會餓？」

「嘿，」她說：「就算是不死之身也得吃東西吧。我正在考慮要吃麥海爾的起司漢堡。」

然後我們一起咬下能將我們送回上面世界的玫瑰花。

奧林帕斯機密遊戲

奧林帕斯填字遊戲

你有多了解波西・傑克森和奧林帕斯眾神呢？

測試一下吧！

（請以英文作答）

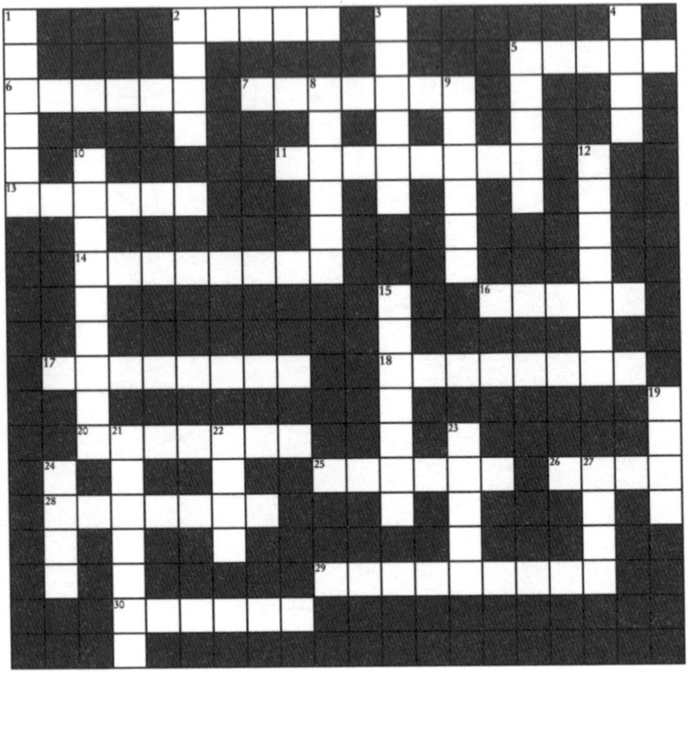

橫的提示

2. 冥界之王
5. 命運____女神
6. 波西最好的朋友
7. 波西的同父異母兄弟泰森是____
11. 穿緊身白色內褲的怪物
13. 波西的堂姊妹，宙斯的女兒
14. 波西今年在學校的身分
16. 波西能夠控制的自然元素
17. 海神
18. 個性粗暴的女性，阿瑞斯的女兒
20. 混血人的別名
25. 又被稱為「仁慈女神」
26. 波西的媽媽喜歡的食物顏色
28. 波西的魔法劍
29. 安娜貝斯的帽子能讓她變成怎樣？
30. 路克是這位天神的兒子

直的提示

1. 波西的誕生月份
2. 宙斯的妻子
3. 泰坦巨神的首領
4. 天空之王
5. ____博士（《泰坦魔咒》中的邪惡人面蠍尾獅）
8. 混血營的營區活動主任
9. 梅杜莎的頭髮是什麼動物？
10. 波西和朋友參加的夏令營
12. 安娜貝斯害怕得不得了的生物
15. 妮琪（Nike）是____女神
19. 宙斯的母親
21. 波西和格羅佛的聯繫管道
22. 宙斯、波塞頓和黑帝斯都是____
23. 許德拉有好幾顆____
24. 泰麗雅曾經變成____
27. 阿芙蘿黛蒂是掌管美貌和____的女神

（解答請見第 202 頁）

奧林帕斯文字拼圖

在下方字母堆中找出左頁各個名稱！

X	N	A	M	G	I	S	P	X	K	U	P	S	I	L	K	A	M	P	E
R	H	O	I	C	X	H	E	P	I	T	S	N	T	A	P	P	A	K	R
O	Z	E	D	H	R	E	R	T	J	A	I	A	L	P	H	A	T	L	I
S	E	R	A	I	R	B	C	K	A	M	P	T	P	U	C	X	L	A	C
B	T	A	E	G	E	R	Y	O	N	B	D	I	A	H	D	N	E	F	K
A	A	G	D	R	H	S	I	S	U	O	J	T	I	E	I	I	D	H	R
C	K	L	A	O	R	H	O	L	S	D	M	R	N	L	O	H	Y	T	I
K	S	P	L	V	I	N	A	P	R	O	O	N	A	L	A	P	E	N	O
B	N	T	U	E	O	T	Y	S	O	N	A	R	E	H	H	S	N	I	R
I	A	B	S	R	T	L	P	R	Y	I	U	X	T	O	Z	M	U	R	D
T	I	E	K	A	A	N	N	A	B	E	T	H	N	U	E	C	S	Y	A
E	P	T	I	C	D	E	X	C	N	S	E	F	H	N	I	C	O	B	N
R	M	A	N	C	R	T	O	H	E	T	A	U	X	D	R	A	N	A	P
H	Y	R	I	P	T	I	D	E	A	O	M	I	C	R	O	N	I	L	A
O	L	M	G	A	M	M	A	L	U	K	E	O	B	I	W	A	M	E	L
N	O	L	I	S	P	E	Z	E	X	I	N	C	L	A	R	I	S	S	E

PERCY	KAMPÊ	MINOS
ANNABETH	CALYPSO	TITAN
TYSON	POSEIDON	OLYMPIANS
GROVER	JANUS	RICK RIORDAN
DAEDALUS	KRONOS	
GERYON	PAN	
BRIARES	NICO	
CHIRON	LUKE	
HERA	LABYRINTH	
RACHEL	CLARISSE	
SPHINX	BACKBITER	
HELLHOUND	RIPTIDE	

（解答請見第 203 頁）

奧林帕斯十二主神＋ 2

奧林帕斯眾神簡表

天神／女神	掌管領域	動物／象徵
宙斯	天空	鷹、閃電
希拉	母性、婚姻	母牛、獅、孔雀
波塞頓	海洋、地震	馬、三叉戟
狄蜜特	農業	罌粟花、大麥
赫菲斯托斯	工匠	鐵砧、鵪鶉（走路的樣子和他很像）
雅典娜	智慧、戰鬥、工藝	貓頭鷹
阿芙蘿黛蒂	愛情	鴿子，以及讓男人愛上她的魔法腰帶
阿瑞斯	戰爭	野豬、噬血長槍

天神／女神	掌管領域	動物／象徵
阿波羅	音樂、醫藥、詩、箭術、單身漢	鼠、七弦琴
阿蒂蜜絲	處女、狩獵	雌熊
荷米斯	旅人、商人、竊賊、信使	雙蛇杖、有翅膀的頭盔與飛鞋
戴歐尼修斯	酒	虎、葡萄
荷絲提雅	家庭與爐灶	鶴（她的會議席次讓給戴歐尼修斯）
黑帝斯	冥界	黑暗之舵

填字遊戲解答

（題目詳見第 196 頁）

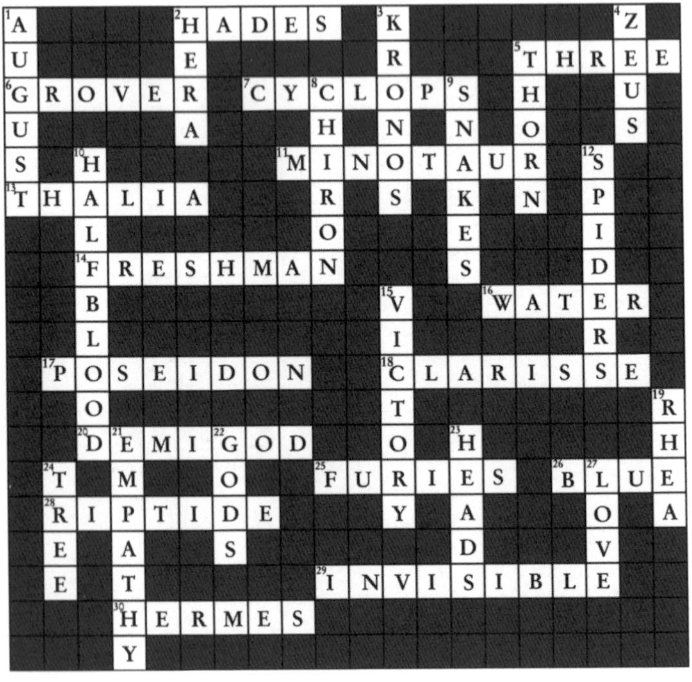

文字拼圖解答

（題目詳見第 198 頁）

X	N	A	M	G	I	S	P	X	K	U	P	S	I	L	K	A	M	P	E
R	H	O	I	C	X	H	E	P	I	T	S	N	T	A	P	P	A	K	R
O	Z	E	D	H	R	E	R	T	J	A	I	A	L	P	H	A	T	L	I
S	E	R	A	I	R	B	C	K	A	M	P	T	P	U	C	X	L	A	C
B	T	A	E	G	E	R	Y	O	N	B	D	I	A	H	D	N	E	F	K
A	A	G	D	R	H	S	I	S	U	O	J	T	I	E	I	I	D	H	R
C	K	L	A	O	R	H	O	L	S	D	M	R	N	L	O	H	Y	T	I
K	S	P	L	V	I	N	A	P	R	O	O	N	A	L	A	P	E	N	O
B	N	T	U	E	O	T	Y	S	O	N	A	R	E	H	H	S	N	I	R
I	A	B	S	R	T	L	P	R	Y	I	U	X	T	O	Z	M	U	R	D
T	I	E	K	A	A	N	N	A	B	E	T	H	N	U	E	C	S	Y	A
E	P	T	I	C	D	E	X	C	N	S	E	F	H	N	I	C	O	B	N
R	M	A	N	C	R	T	O	H	E	T	A	U	X	D	R	A	N	A	P
H	Y	R	I	P	T	I	D	E	A	O	M	I	C	R	O	N	I	L	A
O	L	M	G	A	M	M	A	L	U	K	E	O	B	I	W	A	M	E	L
N	O	L	I	S	P	E	Z	E	X	I	N	C	L	A	R	I	S	S	E

波西傑克森

機密檔案

文／雷克．萊爾頓　譯／江坤山

執行編輯／陳懿文　特約編輯／賴惠鳳
封面設計／唐壽南　行銷企劃／陳佳美
出版一部總編輯暨總監／王明雪

發行人／王榮文
出版發行／遠流出版事業股份有限公司　104005 台北市中山北路一段11號13樓
電話：(02)2571-0297　傳真：(02)2571-0197　郵撥：0189456-1
著作權顧問／蕭雄淋律師
輸出印刷／中原造像股份有限公司
□ 2013年4月1日 初版一刷　□ 2024年1月5日 初版十二刷

定價／新台幣299元 (缺頁或破損的書，請寄回更換)

ISBN 978-957-32-7168-0
遠流博識網 http://www.ylib.com　E-mail:ylib@ylib.com
波西傑克森中文官方網站 http://www.ylib.com/PercyJackson
波西傑克森－混血人俱樂部 http://blog.ylib.com/PercyJackson

作者簡介
雷克．萊爾頓 (Rick Riordan)
美國知名作家，最著名作品為【波西傑克森】、【埃及守護神】及【混血營英雄】三個系列。
想進一步了解雷克．萊爾頓的相關資訊，請上他的個人網站：http://www.rickriordan.com。

譯者簡介
江坤山
自由文字工作者，譯作有《上場！林書豪的躍起》（合譯）、《熊行者首部曲4：終極大荒野》。

國家圖書館出版品預行編目資料

波西傑克森：機密檔案 / 雷克.萊爾頓(Rick Riordan) 著；江坤山譯. -- 初版. --臺北市：遠流, 2013.04

面； 公分

譯自：Percy Jackson & The Olympians：The Demigod Files

ISBN 978-957-7168-0（精裝）

874.57 102004321